L'ÉDITEUR

DE LA MÊME AUTRICE

*Celle qui ne parle pas*,
Stock, La Bleue, 2006 ; Le Livre de poche, 2007

*J'attends*,
Stock, La Bleue, 2011 ; Le Livre de poche, 2012

www.editionsphebus.fr



ISBN : 978-2-7529-1380-7

CAPUCINE RUAT

# L'ÉDITEUR

ROMAN

PHÉBUS

*La création, telle que je la comprends,*
*est l'art de prédire son passé.*

Jean Cayrol

*Le monde est bleu comme toi.*

Étienne Daho

*Il n'y a pas de hasard, il n'y a que des rendez-vous.*

Paul Éluard

Allô, c'est Jean-Marc. J'ai lu ton manuscrit tout de suite, je n'ai pas pu attendre. J'ai aimé, terriblement aimé. C'est très beau ce que tu as écrit. Je suis fier, fier comme pour l'un de mes enfants. Viens me voir demain. Viens et rappelle-moi surtout.

Cette voix-là.

C'est exactement lui.

Chaude et enveloppante, séduisante.

Cette voix qui dit que tout est permis, tout est possible,

l'aventure, le rêve, la chance,

Cette voix vous la transférez sur un enregistreur, vous la conservez dans votre téléphone aussi longtemps que possible, vous défiez la technologie et l'obsolescence, mais

Un jour elle s'efface dans un déménagement,

une panne, un oubli, un *reset*

Un jour elle est un souvenir

Cette voix, vous l'avez dans votre tête et parfois vous la recherchez, vous essayez de vous rappeler chaque mot

Est-ce que quelqu'un a gardé ce message-là ?

J'aimerais la réentendre en cas de mou, qu'elle me redonne la confiance,

l'élan, l'assurance quand parfois

Elle dit que ça a existé, et que tout est parti de là, comme un bouchon de champagne

Explosion, déflagration

Mais se rappeler, ce que cette voix disait aussi :

Si on doit écrire, on écrit, sans personne, sans excuses de temps ni d'argent, on les trouve toujours, ce qui est nécessaire doit être

Personne ne vous attend jamais

On est avant tout attendu par soi, par quelque chose en soi, d'inconnu, de secret, de plus grand

On écrit, un point c'est tout.

Et lui, l'éditeur, répond :

Je te défendrai.

VOCATIONS
La déflagration
1969

Paul Otchakovsky-Laurens reçoit une déflagration. Il a vingt-quatre ans et l'ORTF diffuse une série de Pierre Dumayet, Jean Frapat et Gérard Guillaume intitulée *Vocations*.

Depuis la guerre, cette fenêtre luminescente se propage dans les foyers et tout y est à inventer : journaux télévisés, documentaires, feuilletons, émissions littéraires. Pierre Dumayet est un pionnier de la télévision française. Il aime les livres, il aime transmettre, il aime les silences. Il aime écouter. Il sait poser les questions. Ce jour-là, il accueille l'écrivain, romancier et poète Jean Cayrol.

Le dispositif imaginé par Jean Frapat est simple et original.

Le générique révèle une petite table ronde où s'accrochent les micros, entourée de deux fauteuils blancs, dans un décor neutre et sans public. Puis l'objectif se déplace, dévoilant le hors-champ : une échelle, un pupitre, un technicien et de grosses caméras, tout un fatras ; l'équipe en plein travail.

Tout est à nu.

Il n'y aura pas de frontière.

Au début, les caméras tournent en cachette de l'invité. Lunettes noires, celui-ci croit préparer l'émission avec Pierre Dumayet, qui tire sur sa pipe, en chemise blanche, voix grave de fumeur, au milieu de techniciens qu'on devine s'affairer dans des tentacules de câbles. Sur la table, des notes, du tabac, un stylo. Ils échangent de façon décontractée, puis le journaliste met sa veste, l'invité ôte ses lunettes pour l'interview.

*Moteur. Ça tourne.*

À la fin de l'émission, Jean Cayrol apprend, incrédule, que tout a été filmé. Quelques mois plus tard, il découvre les images sur un écran et réagit.

Ceci n'est pas un piège.

C'est une invitation à la profondeur, à la confession.

C'est une émission que tout journaliste, tout écrivain, tout éditeur devrait regarder. Elle ne dure que quarante minutes.

C'est finement monté : allers-retours entre celui qui parle et se regarde parler.

Subtile et habile mise en abîme. Deux intelligences face à face, et amies, qui partagent une certaine connivence. Mais l'un ignore la connivence avec les téléspectateurs.

Troublante métaphore. La pensée, mouvante, se précise, se saisit, entre le face caméra et le *off*.

Il y a ce que l'on dit spontanément, se croyant à l'abri,

et ce que la présence de l'objectif vient modifier, cet œil qui vous regarde, vous dévore, s'immisce dans le tête-à-tête, déroute vos pensées.

Il y a les idées à articuler et formuler clairement.

Il y a un corps à l'image qui gêne, envahit l'espace mental de l'invité.

Il y a ce qu'on dit, ce qu'on tait. L'informulable.

Le thème est la vocation de l'écrivain.

Paul Otchakovsky-Laurens, devant son écran, sait alors qu'il veut devenir éditeur. Il se dira *suffoqué* par l'émission.

Car Jean Cayrol est aussi un grand éditeur, un homme de bien, cela se voit et s'entend.

Cet homme discret, pudique, s'anime en parlant littérature.

*Les mots sont des demeures.*

Les poèmes des mises en demeure.

Dans ses yeux se perçoivent une tristesse et une douceur, une bienveillance, des pétillements, qui le rendent très touchant. Oui, vraiment, il touche un lieu en moi ; plus je l'écoute, le regarde, plus je l'admire, plus j'aurais aimé le connaître et lui parler de vocation, de littérature, d'édition, de la vie aussi.

Ses traits sont fins, son corps léger. Je suis troublée par sa fragilité physique et sa puissance intellectuelle, son humilité. Il a cinquante-neuf ans. Il en paraît plus. Ses cheveux blanchis. Usé, abîmé par l'expérience concentrationnaire.

Dont il ne parle pas.

Mais qui est là, pour le téléspectateur de l'époque.

Jean Cayrol a écrit le commentaire du documentaire *Nuit et Brouillard* d'Alain Resnais. Présenté au Festival de Cannes en 1956, suscitant de vives polémiques, *Nuit et Brouillard, Nacht und Nebel,* témoigne de l'indicible, de l'univers des camps d'extermination. Tout du long, ses mots sont portés par la voix de Michel Bouquet, dont le nom ne figure pas au générique.

Cet homme-là parle d'un endroit si proche et si loin, de lieux que ses yeux seuls ont vus.

Des hommes et des femmes qu'il a laissés là-bas.

Face à lui, Pierre Dumayet a une présence minérale, compacte.

Comment naît une vocation, Jean Cayrol ? Comment et pourquoi passe-t-on de la vocation d'écrivain à celle d'éditeur ?

En 1949, cet homme-là, déjà poète, déjà romancier, primé par un grand prix, est devenu conseiller littéraire dans une maison nouvellement créée avant-guerre, Le Seuil.

Il se place au seuil des passeurs,
c'est un passeur de mots.
Il est au service de la littérature.

Trois ans plus tard, tout commencera avec cet homme-là pour Jean-Marc Roberts.

## LE CANAPÉ ROUGE
## Hiver 2013

Le canapé est rouge, j'ai sorti mon carnet et mon stylo. Tout un attirail posé sur la table basse afin d'interviewer Jean-Marc chez lui. Il est assis près de la fenêtre donnant sur la cour de son immeuble. De ce moment je me rappelle qu'un grand soleil éclabousse la pièce et l'unique bibliothèque qui renferme livres et albums de musique, tout Julien Clerc, Barbara, Brel, Trenet, Polnareff, les Beatles. Une vie, une petite bibliothèque, pour beaucoup de vies et de déménagements.

Sur la première page, j'ai écrit : *Jean-Marc.*

En dessous : *L'éditeur.*

Par où commencer ?

*Raconte-moi les débuts.*

Avril 1972. Tu t'appelles Jean-Marc Roberts, tu as dix-sept ans, et on est transportés dans ta chambre parisienne, près de la porte de Champerret, pour une émission télévisée. Tu viens de sortir ton premier roman.

Dans un coin, un tourne-disque, et les mêmes disques, Barbara, Brel, Julien Clerc, Trenet, Ferré aussi. On aperçoit les toits de Paris par la fenêtre, sur le mur les affiches des spectacles de ta mère comédienne, Ada Lonati, dite Peggy.

Il n'y a pas de père à la maison.

*Je suis fils unique*, prévient le jeune écrivain.

Sur l'écran en noir et blanc, Jean-Marc est avachi sur le lit, avec un journaliste qui le tutoie, à peine plus vieux que lui.

Jean-Marc est culotté. Effronté.

Il est déjà un personnage. Il a une diction à lui, un peu moqueuse. Boudeuse. Dans sa chambre d'étudiant, ou devant les téléspectatrices d'*Aujourd'hui Madame*, où il fait face à des femmes au foyer décontenancées par son style moderne, sa ponctuation pas orthodoxe, il incarne la jeunesse, légèrement crâne. Crinière sombre, très italienne, et un regard perçant l'écran.

Il s'est mis à écrire il y a deux ans de façon assidue, il tente depuis d'être publié.

Ses manuscrits, il les a trimballés au lycée dans sa serviette en cuir, comme il trimballera les manuscrits de ses auteurs.

Durant l'été 1971, il a déposé le tapuscrit de *Samedi, dimanche et fêtes* à un éditeur qu'il admire d'autant plus qu'il est aussi écrivain, c'est son quatrième, écrit sur un cahier d'écolier à spirales et petits carreaux. Les trois premiers ont été refusés par de grandes maisons d'édition – parfois sévèrement, des *enfantillages*.

Sur la première page, il a noté méthodiquement le début et la fin de la *conception* de son roman et l'a écussonnée d'une ample signature, comme pour mieux en graver la réalité.

Il veut tellement que ce soit vrai.

Il fêtera sa mention au baccalauréat avec sa mère au Cabaret de Michou, rue des Martyrs, au milieu des travestis, des illusionnistes de la Nuit.

Son monde à elle, celui des paillettes collées aux paupières derrière des paravents, son monde à lui, par capillarité.

À la maison, c'est extravagant, haut en couleur ; c'est le terreau de la fiction, ce qu'on s'invente pour contrer la vie, contrer les autres.

Il a écrit un mot insolent sur une feuille à part.

Une phrase pour conjurer le sort :

*Je ne serai jamais édité.*

Jean Cayrol a répondu très vite, en deux jours, par pneumatique, un message expulsé par l'air. J'imagine un long tuyau qui tourbillonne jusqu'à délivrer sa missive urgente.

Cet homme-là ne fait pas attendre, en particulier s'il est question d'un tout jeune auteur.

Cet homme-là a les yeux ouverts
Surtout sur la jeunesse.

C'est Ada dite Peggy qui signera le contrat d'édition pour son fils mineur. Ada, qui court les cachets et espère de grands rôles.

*Raconte-moi les débuts.*

Jean-Marc tire sur sa cigarette, dans cette petite chambre qui a vu naître ses rêves. Le soleil a envahi le canapé rouge. Il y a une flaque jaune sur sa main. Un orbe bleu joue sur le mur blanc dont le haut plafond est sculpté de moulures.

Par où ça commence, un livre ? Comment devient-on éditeur ?

L'émission montre la lettre que lui a écrite Jean Cayrol et la couverture du roman.

« On n'est pas sérieux quand on a 17 ans », la citation d'Arthur Rimbaud figure sur le bandeau du livre. C'est une bonne publicité.

On n'est pas sérieux, cela lui ressemble tant, et pour toujours.

Pourtant, on est très sérieux quand on écrit vingt-cinq livres.

On est très sérieux quand on dit oui ou non à un auteur, et qu'on sait ce que ça provoque de joie, de chagrin.

On est très sérieux quand on prend tant au sérieux la littérature.

Mais surtout faire mine de.

Ne jamais se prendre au sérieux.

Ne pas s'appesantir.

Rester *léger*.

LA MAISON
Le bureau du directeur
22 août 2009

Il est 8 h 30. Jean-Marc remonte la rue de Fleurus, désertée en cette fin d'été. Presque tout le monde est en vacances, mais, dans deux jours, paraîtront les romans de la rentrée littéraire.

Comme chaque matin, il arrive tôt. Dans ses mocassins, son jean, sa chemise et sa veste bleues, son imperméable, ses yeux bleu ardoise, ses cheveux broussailleux et grisés, sa cigarette à la main, ses journaux de l'autre.

Il a commencé à les lire dans un bistrot qui sentait la javel, le lino et le café crème, près du jardin du Luxembourg.

L'actualité, les faits divers, les portraits, les premiers articles de la rentrée littéraire, il se tient au courant de tout. Curieux, à l'affût.

Dans sa sacoche en cuir, les manuscrits emportés chez lui. Il a déjà appelé pour dire s'il avait aimé. Il sait ses coups de fil attendus, la fébrilité de celui ou celle qui jette sa vie dans l'écriture.

Personne ou presque ne lit aussi vite que lui. Il organise tout en fonction de ça.

À présent, il parcourt le couloir de son pas léger, dit bonjour aux personnes qui l'ont précédé, arrivées par un train de banlieue, s'installe dans son bureau, dont il ouvre largement la fenêtre.

Ça ne sentira pas le tabac.

Il s'assoit dans un fauteuil en cuir, un peu grand pour lui, et attend le courrier. C'est un moment de silence. Les téléphones ne sonnent pas, ou dans le vide.

Il passe deux appels. Rassurer, écouter. Le même auteur chaque matin à la même heure, et sa mère.

Sa journée s'enchaîne ainsi : l'arrivée du courrier, les lettres expédiées, l'ouverture des manuscrits, le regard jeté aux premières pages, les chiffres, le Nespresso du matin dans le bureau, îlot bientôt entouré d'agitation, de sonneries téléphoniques, d'ordinateurs bipant et ronronnant, de café brûlant dans les tasses, d'affaires à régler, de dossiers en cours, de livraisons de livres, de pas rapides et précipités dans les couloirs, de rendez-vous en cascade, de conversations animées, d'envolées de rires ; c'est une ruche discrète et travailleuse sur un étage et demi. Dix-sept voix, dix-sept collaboratrices, dont il connaît les habitudes et les horaires, qui savent qu'il aime les sentir présentes, à l'œuvre, et qu'il a presque toutes embauchées. Chacune dans sa cellule apicole – son bureau, dont la porte a fini par être décorée d'un sticker régressif. Jean-Marc, c'est Albator, le capitaine pirate.

Ce bureau. C'est exactement lui.

Bien trop grand pour lui. Le plus grand de la maison. Mais ce grand lui va parfaitement.

La première chose que l'on voit en entrant, c'est une affiche de Pinocchio encadrée.

Ce bureau-là, c'est un lieu à sa place, un centre névralgique, où se lisent les manuscrits, où sont reçus les auteurs, où se discutent les contrats, où se décident les stratégies, où siègent les réunions, où se fêtent les succès.

C'est une pièce plutôt impersonnelle dans un immeuble impersonnel, avec des meubles fonctionnels commandés sur catalogue d'entreprise.

Il y a des stores posés sur la baie vitrée, côté couloir, censés protéger des yeux indiscrets. Mais le regard souvent est tenté de regarder en passant. Ils sont rarement fermés. Les cloisons sont fines, très fines, elles laissent entendre certaines conversations. Le mur derrière lui est couvert de deux bibliothèques renfermant les parutions récentes, certaines sont mises en valeur, présentées de face, donnant à voir les visages, les noms, les mentions des prix littéraires, et sur une étagère plus basse, quelques manuscrits bien rangés, déjà lus.

Rien ne traîne.

Ça ne traîne pas avec lui.

Pas d'ordinateur, pas de fouillis de fils, un téléphone d'entreprise avec des noms préenregistrés, une photo d'Hervé Guibert, visage beau et pâle, magnétique, un mobile japonais, dragon jetant du feu, un cliché de Jean Cocteau, un stylo, un coupe-papier, des cigarettes Merit, un Calimero, une boussole, un compte-fils, un poste de radio, une télévision pour regarder les matchs de foot, un canapé noir, quand on s'entasse pour les réunions, la moquette est moche, les murs blanc passé, et toujours des chewing-gums mentholés à mâcher entre deux cigarettes, mais la fenêtre est ouverte, et ça ne sent pas le tabac, jamais.

Aucune photographie personnelle. C'est un bureau d'où l'on peut partir avec peu de cartons.

LA MAISON
Le bureau de l'éditrice
22 août 2009

J'occupe le bureau à côté du sien, il y a au mur des reproductions diverses représentant des tableaux de Klimt, Blake et Schiele, des photographies d'Atget et de Man Ray, les visages d'Elizabeth Taylor, Marilyn Monroe, Bernard-Marie Koltès, Grace Kelly et James Stewart, elles forment une mosaïque sur la cloison salie par le temps, de petites taches jaunes éclatées jusqu'au sol, où se trouvent coincés derrière la poubelle et l'imprimante des bouts de papier, un chewing-gum incrusté au tapis défraîchi, des feuilles sèches de mandarines et quelques trombones.

Je vis dans ce bureau fonctionnel, à la moquette bleue, à la chaise bleue, dont le dossier se bloque et m'éjecte parfois, à la table encombrée d'un gros téléphone noir et d'un ordinateur, de dossiers rangés par pochettes de couleur, d'étagères en contreplaqué, d'un caisson roulant pour les dossiers avec un compartiment supérieur pour les fournitures – crayons, colle, scotch, trombones, épingles, règle, calculatrice, cartes de visite de petit et grand format aussi bien que dentifrice, aspirines, pièces jaunes, barrettes, bijoux fantaisie.

Il y a également les post-its collés autour de l'écran, les disquettes inutilisables, les élastiques secs qui cassent, la poussière qui s'immisce, éliminée avec des lingettes rafraîchissantes.

Dans une bibliothèque se trouve un exemplaire de chacun des ouvrages dont je me suis occupée, plus de deux cent cinquante, et dont je me rappelle chaque étape. Avec un grand papier scotché dessus : *ne pas toucher – exemplaires dédicacés*.

En haut des étagères s'entassent des manuscrits, et un saladier en verre avec deux cuillères en bois. Des bouteilles de vin du comité d'entreprise, des caisses de vin vides, un sac avec des affaires de sport, un vieux tee-shirt, un jogging déformé, un rasoir jetable, des tongs, un gel douche et des chaussons de yoga.

Dans un angle, un compartiment noir renferme quatre paires de chaussures, une à jeter, des collants opaques, de l'aspirine, de la vitamine C, du citrate de bétaïne, des soupes en sachet, des gâteaux, des clémentines, des tasses à café, des assiettes en carton, des verres, des mugs, des couverts, du thé et des tisanes de toutes sortes. Derrière le compartiment, des radios de ma colonne vertébrale, de mon utérus, de ma poitrine et, sur le côté, divers sacs en papier et plastique, un vase en verre, rond et large, un vase en aluminium, étroit et allongé.

Au-dessus, une plante verte, des bougies parfumées et de l'encens indien.

Par terre, une vingtaine de manuscrits. Les prioritaires, en attente, lus et à refuser.

Dans un autre meuble, des tas de feuilles sont rangés par titre d'ouvrage. Chaque tas, distingué par un post-it jaune, comporte le manuscrit original avec des annotations, des versions intermédiaires, la préparation de copie, les premières épreuves, les deuxièmes épreuves, le jeu du BAT – le bon à tirer –, les projets de quatrième et d'argumentaires, les cromalins de couvertures, la correspondance.

Pas la place pour les archives. Tout sera jeté au fur et à mesure, à part les courriers importants. Aucune trace des étapes, des couches de corrections, des remords de l'auteur, des coupes ; rien ne subsistera.

Les fichiers informatiques sont passés d'un ordinateur à l'autre, ils ont changé de support et se retrouvent écrasés, remplacés, perdus.

Punaisé au-dessus du bureau, un planning sert à noter les principales étapes de chaque ouvrage, du manuscrit à la livraison des exemplaires.

Partout, dans l'ordinateur, les papiers, les objets, il y a les strates, les traces de mon travail depuis onze ans, les fonctions passées et actuelles, stagiaire, assistante, éditrice, à la suite, et en même temps, puisque les tâches s'ajoutent, les rôles se démultiplient, dans une petite maison qui a tant évolué.

Derrière la cloison, la photocopieuse tournera à plein régime

Jusqu'au soir

## LE CANAPÉ ROUGE
Hiver 2013

*Raconte-moi les débuts.*

Pour se protéger du soleil, Jean-Marc a mis un Borsalino qui rappelle ses origines italiennes. Il se lève du canapé rouge et prend un livre dans la bibliothèque. Entre *Tintin au Tibet* d'Hergé et *Le Petit Nicolas* de Sempé et Goscinny se trouve *Les Enfants pillards* de Jean Cayrol – un grand texte sur l'enfance, paru en 1978, qui lui est dédié.

Au milieu des pages, il saisit une lettre tapée à la machine qu'il me montre – celle dévoilée dans l'émission où il crâne :

*À l'attention de M. Jean-Marc Roberts*
*34 bis rue Guillaume Tell 75017 Paris*

*Cher Monsieur,*
*J'aime bien votre manuscrit. Il est comme vous le souhaitez et comme vous vivez. J'aimerais bien vous revoir car je suis*

*vraiment favorable à ces pages. Vous me téléphonez et nous nous reverrons car il y a pas mal de corrections à faire. Vous vous en doutez, je pense.*

*Bien cordialement vôtre,*

*Jean Cayrol*

*Éditions du Seuil,*
*27 rue Jacob 75006 Paris*

Il replie la lettre, la replace prestement dans l'ouvrage.

– Je n'y crois toujours pas. D'en être arrivé là, dit-il.

Jean Cayrol m'apparaît avec son sourire doux, son visage fin, ses yeux vifs, à sa table de travail en train d'écrire ce mot à un tout jeune homme qu'il ne connaît pas encore, dont il deviendra l'éditeur.

Quelques jours plus tard, leur rendez-vous a lieu dans son petit bureau pentu du Seuil. On y accède par un escalier raide, une échelle de meunier, et la fenêtre ouverte laisse entendre les cloches de l'église Saint-Germain-des-Prés. Ça lui va bien, ce côté périlleux.

Un étrange if veille sur la maison. Celui-ci a grandi en même temps qu'elle. Un jour, une graine s'est plantée dans la terre, face à l'entrée. Au fil des années, l'arbre aux feuilles-aiguilles vert sombre s'élève dans la cour à la grille forgée, son tronc double ombrageant la façade de l'ancien hôtel particulier qui a abrité le peintre Ingres. Il gagne les hauteurs, plus de onze mètres ; une ascension que nul n'ose arrêter. Le conifère, la façade, la grille deviennent la marque du Seuil, son sigle, à partir d'une lithographie réalisée par Robert Lapoujade. Elle s'imprime alors à l'intérieur des livres et sur les couvertures, tel un tampon.

Le seuil
Le fer
L'arbre
Les pierres
La terre
Et le ciel

Jean Cayrol a le ciel pour lui, il lit dans son nid d'aigle encombré de manuscrits et de livres, de revues et de papiers divers. Il parcourt un texte comme s'il était le premier et le dernier qu'il aurait à lire, à la recherche d'un mot, d'une page, d'une fulgurance, d'une maladresse, d'une promesse, répondant à tout, écrivant à chacun. Il œuvre à la lisière, curieux, avide, passionné, et envoie des signes, des signaux, comme un Indien de la fumée, des petits mots d'encouragement, réguliers, et d'une sincérité audacieuse.

Les garçons qui montent dans son antre, ce sont Roland Barthes, Pierre Guyotat, Denis Roche, Kateb Yacine, Bertrand Visage, Christopher Frank, Philippe Sollers, Claude Durand, Michel Braudeau, Erik Orsenna, ainsi que les prix Goncourt Didier Decoin et Patrick Grainville.

Il écrit au jeune Erik Orsenna : *Ce que vous écrivez est franchement mauvais mais la page 147 est admirable. Venez me voir d'urgence.*

Il ne lâche la main de personne, aidant les auteurs débutants à se frayer un chemin dans le milieu littéraire, qui a de plus en plus le goût de la jeunesse depuis le succès de la précoce Françoise Sagan.

Il est intéressé par leur vie, leur différence, leur milieu social.

Je vous dois tout. Vous avez cheminé près de moi, remercie un auteur.

Là-haut, il est ouvert à tous les possibles,
émerveillé, voyageur et voyant,
électron libre.

Jean-Marc est reçu pour son premier roman, délirant, inventif, gonflé, encore gorgé de sa famille, *un brûlot* plein de l'élan de la jeunesse.

Imparfait et irrévérencieux.

La jeunesse, la promesse.

La jeunesse est une chose qu'aime Jean-Marc aussi.

Ne pas vieillir

Recevoir les débutants, écrire des mots attentifs, encourager les premiers pas

Ne pas décourager

Ne pas laisser s'échapper un talent

*Je garderai les yeux ouverts sur vous*
*Donnez-moi de vos nouvelles*,
écrit-il.

Tu garderas les yeux sur moi
Sur nous

Se savoir attendu par un éditeur, un lecteur, un journaliste

Connaître un certain succès
Mais la peur que tout soit retiré
Un jour
Un livre n'est pas retiré, ni le succès, affirme Jean-Marc.

## LA MAISON
## Le service des manuscrits
## 2009

Les bureaux sont distribués par un couloir et rassemblés par service, décorés du même mobilier, des mêmes gros téléphones, des mêmes bibliothèques en contreplaqué imitation merisier ou en métal, les murs punaisés de listings téléphoniques, avec les noms barrés, les nouveaux noms, celles qui sont parties, celles qui sont arrivées.

Le commercial, le marketing, la presse, les chiffres, d'un côté ; l'éditorial, les cessions de droits, la salle de réunion, de l'autre ; au milieu, le grand bureau de Jean-Marc.

Moins d'une vingtaine de salariées, hormis les correcteurs, compositeurs, illustrateurs, maquettistes, éditeurs extérieurs, en free-lance, pour environ quatre-vingt-dix publications par an, rééditions comprises.

Au rez-de-chaussée, il y a une petite pièce emplie de manuscrits du sol au plafond, un labyrinthe de feuilles. Elle est envahie d'histoires, de rêves, de fantômes. Une si petite pièce qui s'écroule sous le papier. C'est là que Justine travaille, les jambes étendues sous la table. C'est là que j'ai commencé en stage, le 1er octobre 1998, un peu avant l'arrivée de Jean-Marc. Durant six mois, j'étais à moi seule le comité de lecture des Éditions Stock.

Certains jours, je me sens moi-même envahie, je crains l'ensevelissement.

Je repousse parfois le moment de la lecture, j'ai peur de ne pas savoir.

Qu'est-ce que le manuscrit va me dire ?

Je suis une épuisette qui cherche le ton, la voix, la sincérité, la chose, impalpable, innommable, incertaine; quelque chose qui crée dans cette matière nouvelle.

Je suis noyée dans les mots, et je me nourris des mots, de leur chair, pourtant.

Depuis l'enfance, cette chair des mots qui fait que les trois mousquetaires sont pleurés autant que le chat siamois qui vient de mourir,

Que l'horizon de ma chambre s'ouvre plus vaste dans le petit lit en rotin.

Je suis une chercheuse d'or, paillettes dans l'eau sablonneuse.

Parfois je m'y épuise, tant de mots, mais un mot ce n'est pas rien.

Un mot peut tout dire.

Paillettes qui allument l'œil ou restent des pierres de tombe.

Tamiser, trier,

Et puis un mot, quelques lignes, un éclat, entrevoir, deviner, ne plus s'arrêter,

Sentir que ça bat,

Que ça ne parle qu'à soi.

S'enthousiasmer.

Chaque jour, une dizaine d'enveloppes arrive par la poste. Chaque jour, Chantal les ouvre, les enregistre dans un tableau, puis les numérote et les dépose sur des étagères, dans l'attente d'être lus.

Les manuscrits ont toute forme et épaisseur. Ramassés dans des pochettes en plastique ou cartonnées, empaquetés comme un colis de Noël, ficelés tel un rôti, tenus par des gros élastiques, des sangles ou d'énormes trombones ; ou les pages reliées, attachées par une spirale plastique ou thermocollées au dos. Écrits à la main, tapés à la machine, imprimés sur une face ou deux, sur un papier blanc parfois taché de café ou parfumé. Accompagnés d'un courrier, d'un curriculum vitae, d'une photographie, d'une illustration.

Justine les a séparés par piles : les refusés – la majorité –, quelques pages suffisent souvent à les déterminer, les « il y a quelque chose », à considérer plus attentivement, les « intéressants », à soumettre rapidement à un éditeur.

Très peu deviennent de vrais livres. La plupart sont refusés avec des lettres types, identiques dans toutes les maisons :

*Nous vous remercions de nous avoir adressé... lu avec intérêt et attention... de réelles qualités... malheureusement... ligne éditoriale... cordialement.*

Au fur et à mesure, Chantal les remporte sur un chariot et les place dans des bibliothèques bourrées, attendant qu'ils soient récupérés, sinon jetés.

Le livre ce n'est pas le temps passé dessus. Ce n'est pas de s'y croire. C'est quelque chose qui cherche, parle, qui appelle.

## VOCATIONS
La récidive
1969

Jean Cayrol sort un peigne de la poche de sa veste et lisse ses cheveux devant, d'un coup net sur le côté, lunettes noires sur le nez. Pierre Dumayet tire sur sa pipe.

– Comme pour la vocation religieuse, y a-t-il une prédestination pour les écrivains selon toi ?

*(Le tutoiement de Pierre Dumayet sera remplacé par le vouvoiement dans la partie officiellement enregistrée de l'émission.)*

Une discussion vive s'engage, Jean Cayrol semblant vouloir répondre au plus juste, au plus précis, sa voix douce a un tranchant particulier, il martèle les mots.

– On n'est pas appelé, c'est de la blague, je l'ai cru peut-être à un certain moment de ma vie, au début, parce que, quand on est en province, on est obligé quand même de croire qu'on est appelé... Et puis on s'aperçoit avec le temps qu'on s'appelle.

*Nouveau plan.* Pierre Dumayet a mis sa veste, posé sa pipe, Jean Cayrol a ôté ses lunettes, son visage est un peu tendu. L'entretien est enregistré à présent, pense-t-il. La question est reposée :

– Des écrivains écrivent par vocation ?

*(Sur l'écran, Jean Cayrol se regarde répondre et entoure sa bouche, son menton, de sa main droite, comme un bâillon.)*

– Je pense de plus en plus que c'est une fausse idée que nous avons de l'écrivain, d'abord je n'aime pas dire les écrivains, je préférerais dire de l'homme qui écrit, c'est-à-dire *vocare,* ça veut dire appeler, appelé à, et je pense que celui qui écrit il s'appelle lui-même. Je pense aussi que la création littéraire, au fond, peut être généralisée, peut-être beaucoup plus qu'on ne le pense. Il est très possible que beaucoup de gens peuvent écrire soit une page, soit un poème, soit même un livre, et bien, la difficulté, je pense, essentielle et capitale, c'est la *récidive,* c'est-à-dire qu'on peut écrire une chose mais est-ce qu'on peut continuer le lendemain à en écrire une autre...

C'est la *récidive* qui est le plus important.

Et pour un éditeur, accompagner, défendre la récidive.

Il y a des remous dans les yeux de Jean Cayrol. Peut-être la Garonne de son Bordeaux natal, la côte girondine, le port allumé la nuit et cet océan qui lui inspire ses premiers vers de l'enfance.

Il veut ajouter quelque chose, puis suspend ses mots.

LA MAISON
La rentrée littéraire
22 août 2009

Je rejoins la rue de Fleurus qui relie Notre-Dame-des-Champs au jardin du Luxembourg. Elle abrite la librairie Guillaume Budé, ses classiques en latin et en grec qu'achetait mon grand-père et qui ont servi pour mes études de lettres, et plusieurs librairies d'ouvrages anciens, rangés ou en fatras de piles au sol.

Chantal m'accueille au standard de sa voix de fumeuse, elle a commencé à distribuer le courrier. Je gravis les marches du premier étage et salue Fabienne, qui se sert un Nespresso à la machine automatique, déjà affairée, déjà à rechercher dans les archives de vieux contrats, à parcourir des clauses spéciales ou à négocier un contrat audiovisuel complexe – elle dirige le service des cessions de droits. Anne-Marie, happée par l'écran de son ordinateur, fait un signe de la main.

Je dépose mes affaires et sors un tas de feuilles d'un sac de courses, deux cent cinquante pages libres tapées à l'ordinateur dans une police classique, du *Times*, en corps 12, une présentation aérée, un interlignage 1,5 et de larges marges.

Je suis tombée dedans ce week-end, et je n'arrête pas d'y penser.

Une lettre accompagne ces pages.

*Chère Madame,*

*Je me permets de vous adresser mon manuscrit* Comme un rendez-vous. *Je préfère ne pas le décrire et vous laisser le découvrir. Il s'agit de l'histoire d'une jeune femme appelée Maria. Pour me présenter succinctement, je suis professeur de français dans un lycée de la région parisienne. J'écris depuis l'enfance, mais je n'ai jamais encore été publiée.*

*Je vous remercie de l'attention que vous voudrez bien porter à ce texte.*

*Cordialement,*

*Maria Coulais*

Durant le week-end, le soleil a chauffé la pièce, qui s'est asséchée. J'aère en ouvrant la fenêtre sur la cour et un cerisier du Japon, sur lequel donne aussi un immeuble bourgeois avec un septième étage fleuri de rosiers et de glycines, décoré d'arbustes touffus. On s'y projette comme un rêve de touriste étranger. En face, derrière des baies vitrées, les élèves d'une école de traduction écoutent leur professeur dans des salles de classe modernes.

Je mets en marche la bouilloire, elle chauffera une dizaine de fois dans la journée, puis j'allume l'ordinateur qui vrombit un instant. Les messages s'affichent en gras : demande de reproduction d'images et de citations, réception de manuscrits, billets de train pour un salon du livre, les chiffres du jour, la newsletter professionnelle. Le couloir bruisse de plus en plus et l'ascenseur tinte à chaque étage de l'immeuble. Le café coule serré dans les gobelets en plastique.

J'ai inscrit une croix rouge sur le planning qui s'étend au mur. 24 août 2009.

Les romans de la rentrée littéraire paraîtront dans deux jours, à l'office du mercredi. Ils sortiront des hangars qui les entreposent, sentant le neuf, la légère acidité du papier et de l'encre, empilés, filmés sur des palettes, expédiés, véhiculés pour rejoindre les points de vente. Leurs couvertures bleu nuit coloniseront les vitrines et les étals des librairies, telle une vague d'encre marine.

Être visible, émerger, prendre sa place au milieu de centaines de parutions, d'une profusion de visages, de voix, d'histoires.

Rester visible.

Qui s'affichera cette année en une des suppléments « livres » du *Monde* et du *Figaro littéraire*, de *Télérama* et des *Inrocks* ? Qui sera programmé dès les premières émissions littéraires ? Qui sera « l'événement » de la rentrée ? Quels romans feront partie de la première vague, celle des « incontournables » « coups de cœur » « découvertes » « attendus » et récolteront des pouces levés, des cinq étoiles, de triples astérisques ?

Rien ne va plus, les dés sont-ils jetés ?

Les livres promis à tous les prix s'épuiseront-ils dans cette course ? Quelle surprise réservera la rentrée grâce au choix des libraires, au bouche-à-oreille ?

Tous les espoirs demeurent possibles.

Mon agenda se remplit de rendez-vous, d'événements impératifs, de signatures, de foires, de festivals, de lancements, de remises de prix jusqu'en décembre.

C'est l'effervescence, comme le cartable neuf, le cahier vierge, l'odeur de l'humus sur les chaussures des écoliers à mesure que les feuilles des arbres jaunissent et rougeoient, que les jours raccourcissent, que les brumes matinales nous enveloppent, que les marrons se ramassent et gagnent les poches des manteaux.

Tout est cycle.

La vie procède par cycles. Les entreprises aussi.

Le cycle végétal, celui des saisons, de la lumière froide à la lumière renaissante, de la lumière zénithale à la lumière déclinante. Un cycle laisse la place à un autre cycle, à une autre aventure à laquelle participent d'autres personnes.

Des livres remplacent d'autres livres.

Lorsque Jean-Marc est arrivé, en 1999, la maison allait mal, elle périclitait, il fallait la reconstruire. Nous sommes à présent, je le sens bien, à l'acmé de notre cycle.

Après les années difficiles, nous connaissons les années de succès, et le succès appelle le succès, mais jusqu'à quand ?

Dans l'édition, le cycle est rythmé par les rentrées

littéraires avec un processus parfaitement huilé, comme s'il existait depuis toujours.

Chaque année, la préparation, l'organisation se font de plus en plus tôt. Chaque année, le cycle des saisons reprend en une danse perpétuelle.

Le milieu fait sa rentrée fin août, c'est la rentrée des écoles, la rentrée des parents et la rentrée des éditeurs.

LA MAISON
Le rituel
22 août 2009

La porte du grand bureau est fermée.

Jean-Marc lit.

Il me voit passer dans le couloir, lève les yeux et fait un signe de la main. Chantal lui a apporté son courrier et les plis du jour. Ce matin il a reçu quatre manuscrits par la poste. Il a tout ouvert, avec empressement, refusant que quiconque y touche. Il s'est énervé sur certaines enveloppes minutieusement fermées, ficelées, enrubannées, scotchées, il a parcouru les mots de présentation.

Au titre, il flaire déjà.

Aux premières pages, il sait.

Il est comme un chasseur qui suit une trace, non pour traquer, piéger, mais pour l'aventure, l'adrénaline, la découverte, c'est un *passionné de la création*.

À présent, il tourne les pages avec attention, concentré, recueilli – il passe deux doigts de la main gauche sur sa lèvre supérieure.

C'est un acte précieux, délicat, doux.

Il semble caresser les pages avec respect.

Le même respect depuis qu'il a commencé à lire en professionnel, le même respect chaque matin, dans ce même bureau.

C'est cette image qui ne me quitte pas de lui.

C'est cette image qui revient sans cesse quand je pense à lui.

Il est tout entier là

Dans ce rituel

## LE CANAPÉ ROUGE
Hiver 2013

Les murs blancs réverbèrent la lumière qui semble se concentrer sur le canapé rouge. L'orbe bleu joue à cache-cache. Jean-Marc s'est absenté un instant, disparaissant dans l'appartement. Sa place est vide. Me levant, je vois que deux bibliothèques sont apparues dans le couloir de l'entrée. L'une contient les livres de Jean-Marc, l'autre, courant le long du mur, déborde du sol au plafond des œuvres qu'il a éditées. Je les parcours, m'arrête sur certains, période Le Seuil : Patrick Modiano, *Remise de peine*, *Fleurs de ruine*, *Chien de printemps*, Hervé Guibert, *Mon valet et moi*, *Cytomégalovirus*, Étienne Roda-Gil, *Mala Pata*, Erik Orsenna, *L'Exposition coloniale*, Christophe Donner, *Les Sentiments*, Michel Braudeau, *Naissance d'une passion*, Michel del Castillo, *La gloire de Dina*, Didier Decoin, *La Femme de chambre du Titanic*, Christopher Frank, *La Nuit américaine*.

– En fait, j'ai été très peu de temps auteur sans être éditeur, dit Jean-Marc, comme s'il avait deviné ma question et précédait mon carnet. Je sursaute, je ne l'ai pas entendu revenir.

Quelques mois, en effet, puisqu'il s'est mis à travailler pour les Éditions Julliard à dix-neuf ans, tellement heureux d'avoir une fiche de paie, d'être rémunéré pour lire, et il n'a jamais arrêté.

L'édition, ça commence ainsi : lire, lire et lire, et découvrir qu'on aime ça.

Dans le documentaire qu'il a réalisé, *Éditeur*, Paul Otchakovsky-Laurens se filme au milieu des manuscrits qu'il a reçus. Il est assis sur un petit tabouret. Curieux, avide, pressé, il saisit les textes, tourne les pages, c'est l'un de ses premiers gestes lorsqu'il arrive le matin. Il a construit sa vie autour de la lecture, pas n'importe quelle lecture, celle des textes, qui deviendront peut-être des livres. Il désire être surpris, il attend d'être dérangé. Un éditeur est toujours *dérangé* par un texte. Mis en demeure d'aimer ou non.

Dans l'émission *Vocations*, Jean Cayrol se dit lecteur professionnel avant tout. C'est le propre de l'éditeur.

Quelques années auparavant, il a expliqué ceci : « Écrire, ce n'est pas seulement conspirer avec soi-même afin d'atteindre les autres brutalement et sans rémission, c'est aussi inspirer autrui, le pousser *vers sa ressemblance, vers sa préférence,* l'unir à cette terre natale à laquelle il songe depuis sa naissance et qu'il laisse en friche, lotit, piétine au fur et à mesure qu'il avance en âge. »

Lire, est-ce se rattacher à cette terre natale profondément nichée en nous ? Cette part d'inconnu, de danger, tapie, plus grande que nos peurs ?

Que découvre Jean-Marc de lui ? Qu'est-ce que je découvre de moi ? Quel sédiment se dépose en nous de lecture en lecture ?

Est-ce le lecteur qui fait le livre ?

Est-ce le livre qui fait l'éditeur ?

Je lis partout, dans le train, le parc, le lit, le métro, le café, au travail, en vacances, tout le temps, à toute heure, les manuscrits serrés dans des sacs à dos, à provisions, ou des valises, au bout du monde, les yeux et le cou tourné vers les mots, de façon presque incongrue, parfois inutile, même à l'hôpital avant une anesthésie générale et une opération.

Est-ce que je me rachète de quelque chose ? Est-ce que ça me protège ?

J'ai la politesse, la sagesse de l'enfant qui se tient tranquille, ne pose pas de questions qui dérangent, plonge dans la grammaire et l'orthographe, s'émerveille de la ponctuation, l'enfant qui se tient à la marge, hors des marques, de ce qui brille, s'enfouit dans les livres anciens du grand-père, aux feuilles jaunies d'humidité, recouverts de papier Cristal, aux tranches jaspées d'or, trouvailles des bouquinistes, et l'enfant pioche dans les hautes et profondes bibliothèques, elles sont en tout lieu, dans la salle à manger, dans l'escalier, dans sa chambre, celle des parents, à l'école, l'enfant aime les études, les langues anciennes, les alphabets, les dictionnaires, les rédactions, les dictées, l'apprentissage, il se sent armé.

Les mots protègent, je m'y engloutis. Le travail sur les mots engloutit le monde, l'extérieur qui gronde, sa violence, ses éructations, oui, perdre corps dans le texte, les fibres du papier, l'encre, jusqu'à traquer la virgule, le blanc en trop, la ligne orpheline, la coupe non étymologique, le tiret, la boucle d'un *f* attrapant le bas d'un *p*, une virgule en italique, les yeux qui repèrent les répétitions, d'un paragraphe à l'autre, les mots béquilles, les adverbes omniprésents, ceux qui alourdissent, penser à tout, en tout sens, à ce qui ne se verra pas, qui n'a pas de poids, de prix, ce travail artisanal qui s'ajuste à chaque écrit, qui s'apprend grâce aux correcteurs, à leur œil expert, éditer pour que forme et fond s'allient de façon parfaite, rigoureuse, l'œil attrape, telle une vigie, le minuscule et la vision d'ensemble.

Faire corps avec le texte, dans ce qu'il a de plus concret.

LA MAISON
Le premier lecteur
22 août 2009

À côté, derrière la cloison, Pinocchio fait de l'œil dans son cadre.

Les téléphones commencent à sonner dans les bureaux. Il est 9 heures.

Jean-Marc lit toujours
Dans son lieu à soi, cet îlot,
Arche de Noé.
Il y a du sacré dans ces instants suspendus
Suspendu à une langue, autre que la sienne,
Aux mots d'une histoire inconnue.
Alors qu'on lit à présent sur des tablettes, des supports numérisés,
Digitalisés,
Sur des écrans tactiles
Un monde qui lui est étranger
Avec ses algorithmes et ses *selfies*
Un monde où il refuse d'entrer

Tactile il l'est de cette façon
Comme si les mots affleuraient le papier
L'âme du manuscrit
Les secrets murmurés et les promesses
Connaît-on assez la vibration des mots ?
Cette vibration dont le livre est un écrin
Ce lieu où le Verbe s'alchimise.
Jean-Marc est entré dans le paysage
Il se tient au plus près,
dans les lisières les clairières dans les forêts
du texte composé de signes, de lettres, de blancs
Là où tout est dit.
Dans ces minutes où la rencontre se fait ou pas.
Il est à l'aube d'un chemin inconnu
Il cherche l'excitation
Il est le premier lecteur.
Personne d'autre que moi.

Il veut être le premier à appeler.
Cet appel-là est de ceux qu'on n'oublie jamais.

## LA LITTÉRATURE BRÛLANTE DE JEAN CAYROL 1959, 1961

Dans les bureaux du Seuil, Jean Cayrol reçoit un instituteur de vingt et un ans, Claude Durand, un Philippe Sollers juvénile aux joues rondes et une jeune femme aussi. Geneviève Dormann. Tous trois sont réunis autour de lui pour une émission de télévision. Ils représentent la nouvelle génération d'Écrire – à la fois collection et revue de premières œuvres, lieu de rencontre et d'expérimentation. Jean Cayrol conçoit son métier comme une mission, sous ses airs doux, c'est un aventurier. Il débusque tout ce qui pourrait « signaler » un écrivain, ne s'arrêtant pas à une forme finie, aboutie.

« Devant l'affluence des manuscrits, explique-t-il à Claude Sarraute pour *Le Monde*, je me suis dit : Pourquoi ne pas publier une sorte de cahier consacré à une littérature pas tout à fait achevée, en avertissant le public qu'il aurait à juger non une œuvre faite mais une œuvre en devenir ?

– Quelles conclusions tirez-vous de tout cela ?

– Pour écrire, il faut être en état de révolte. D'où la nécessité d'un monde stable contre lequel s'insurger. Or, ce monde n'existe plus. De là que nous ne recevons plus de textes fous, de textes délirants. Mais la folie a sans doute changé de visage, et celui-ci est, à mon avis, plus inquiétant. Pour moi, j'aime ceux qui tournent le dos au visqueux, à l'enseveli, à une image de l'homme réduit à un peu de bois sec. J'ai du goût pour le garçon qui hurle, qui ose se lancer dans le pamphlet, entrer dans les images du délire, faire en un mot de la *littérature brûlante*. »

## LE CANAPÉ ROUGE
Hiver 2013

*Qu'est-ce qui te plaît dans un texte ? Qu'est-ce que tu cherches ?*

Nous avons repris nos places dans le salon. Je pointe du doigt la bibliothèque du couloir d'où s'élève une variation d'univers, de voix, de regards. Je pense aux mots de Jean Cayrol – *folie, délire, brûlure*. Jean-Marc semble suivre l'orbe turquoise qui se déplace sur les tranches des livres, avant de se tourner vers moi et de répondre calmement :

– Un livre, ça doit me donner envie d'écrire et de vivre. J'aime les livres qui dérangent. Je ne suis pas le seul. J'aime moi-même déranger. Je dirais même que j'adore énerver, surtout ce milieu. Il y a beaucoup trop d'héritiers, de rapaces et d'imbéciles. Et ce livre-là *(Jean-Marc désigne un manuscrit qu'il vient de lire, un livre* incorrect*)* va beaucoup énerver. Il y aura des bien-pensants, des moralisateurs, comme d'habitude, des tribunes sans doute, des gens que je pensais de mon côté et qui ne le seront pas, qui auront oublié les coups de main que j'ai donnés – c'est un monde *oublieux* – mais je n'ai jamais publié un livre que je n'aimais pas, que je ne désirais pas. Il y a plein de livres que je ne publierai jamais, mais je me battrai pour qu'ils existent. Peu importe qu'on le sache, j'aime bien passer pour un homme de coups, j'encaisse bien les coups, et puis quand tu fais peur, on te laisse tranquille. On te fout la paix.

« Ceux qui prétendent toujours garder les mains propres, alors qu'ils font toutes sortes de compromissions, je les plains, moi je suis capable de tout, mais je déteste les compromis. Rien de pire que la tiédeur... J'ai un goût, peu importe qu'il soit bon ou mauvais, il y en a tant qui n'ont pas de goût. Ce livre va être un succès, je le sens. On va en mettre plein en place, trente mille exemplaires, ils me prendront pour un fou quand je leur dirai ça, c'est un bon chiffre pourtant, s'amuse-t-il.

Il tapote sur le bras de son canapé et dit vivement, d'une façon qui me désarçonne :

– Il te faudrait un ou deux succès. Les succès font les éditeurs.

Et puis tu recevrais de meilleurs manuscrits.

LA MAISON
Le rendez-vous à trois
22 août 2009

La porte du grand bureau s'est ouverte, je m'y glisse avec un thé et je rejoins Liliane, qui collabore avec Jean-Marc depuis vingt ans. Elle l'a suivi de maison en maison. Elle a toute sa confiance.

Dès que je l'ai vue, il m'a semblé la connaître. Liliane, c'est Gelsomina jouée par Giulietta Masina dans *La Strada* de Fellini. Une petite femme aux yeux ronds et au visage enfantin, déterminée. Elle est née quelques années avant Jean-Marc, dans un Paris populaire. Comme les gamins de Doisneau, elle jouait dans les rues du Marais, alors peuplé d'ouvriers et d'artisans vivant dans des immeubles sans confort, voire insalubres. Pédagogue et patiente, c'est elle qui m'a fait découvrir le travail sur les textes.

Nous sommes assises face à Jean-Marc. Chaque matin, c'est notre rendez-vous. Il a lu son courrier, parcouru les manuscrits. À présent, il a besoin de voir du monde.

Il connaît déjà les *chiffres* qui détaillent quotidiennement les mises en place, les commandes des libraires, l'état des stocks en région parisienne et en province, les réassorts, les retours. Il sait les tendances, comme un producteur de cinéma, les sorties de caisse ou l'audimat en télévision. Il a consulté le document qui donne un état des lieux complet, la situation commerciale de chaque livre, faisant apparaître les ventes qui flambent après une émission littéraire, comme un livre qui ne décolle pas, un premier roman qui finit sa carrière à sept cents exemplaires, un essai sociologique qui ne dépasse pas les trois cent cinquante, un document politique qui s'est arraché, mais que les libraires retournent désormais en grosses quantités, un roman paru en mars qui a bénéficié tout l'été d'un excellent bouche-à-oreille, les ouvrages de fond qui s'écoulent régulièrement.

Les romans de la rentrée littéraire vont être proposés à la vente. En attendant, ils s'affichent avec le nombre d'exemplaires imprimés – le tirage – et ceux mis en place.

Éditer c'est prévoir, s'adapter,
sentir la tendance
l'accompagner le plus souvent
plus rarement la devancer
la susciter.

Quel livre, quelle œuvre resteront ?
C'est un travail sur le vivant,
Sur l'époque.

Jean-Marc vient de faire signer un nouvel auteur, il l'a inscrit au programme éditorial qui répertorie les contrats signés ou en cours de signature, échelonnés selon les dates de remise négociées. Il a ainsi une visibilité sur plusieurs années, auxquelles s'ajouteront les surprises, les idées, les retards, les projets qui n'aboutiront jamais, les contrats rachetés par un autre éditeur.

Ce sont des noms et des titres
Parfois juste des rêves de livres
pour être attentif
se préparer
se lier les uns aux autres

Je t'attends
J'ai les yeux sur toi

C'est aussi une garantie de la fidélité des auteurs, de l'engagement de la maison, ça signe l'avenir. Un programme, ça se construit chaque jour, ça s'élabore, ça se pense ; une rentrée littéraire, ça se compose.

Il a déjà en tête la prochaine.

Nous évoquons nos lectures, les échos de la rentrée, ce qui frémit ou pas, les premières listes de prix. Tout va s'accélérer, se tendre, se concentrer, se précipiter jusqu'à début novembre, dans un espace-temps particulier.

Pinocchio nous regarde, comme Hervé Guibert, tandis que Jean-Marc parle une cigarette dans la main droite et son briquet de l'autre, qu'il agite, parfois il se frotte le menton, les yeux rieurs. C'est toujours une joie légèrement étouffée.

Les photos montrent ça, le sourire doux, une violence contrainte.

Tant de discussions, chaque matin, et je me souviens de Liliane si précise, rigoureuse, vigilante, engagée à gauche, sa chemise ample par-dessus son jean, petite, menue, vive, et moi la vingtaine, la trentaine, plongée dans le chaudron de la création et dans l'antichambre de l'éditeur.

Ça ne sortira pas de ce bureau.

Malgré l'habitude, malgré cette place privilégiée, je suis aux aguets, une inquiétude sourde m'habite, face au pouvoir, quelle que soit sa forme, le pouvoir du patron, de l'éditeur. Jean-Marc le sait parfaitement, décelant les failles, les fragilités.

Il ne recherche pourtant pas le pouvoir, il a naturellement l'autorité.

Je lui laisse une version du manuscrit, en regagnant mon bureau je sais qu'il doit déjà parcourir les premières lignes, les premières pages. Va-t-il poursuivre au-delà ? Va-t-il accepter ce texte dans sa maison ?

## LE MANUSCRIT

*Comme un rendez-vous* (titre provisoire)

J'ai entouré ces deux premières phrases, je ne suis pas sûre de les comprendre, mais elles m'intriguent, font résonner quelque chose de mystérieux et d'inattendu.

« Comme un rendez-vous avec elle Maria a peur.

Elle a peur de consentir à être, autre chose que ce que l'on croit qu'elle est. »

Je les ai relues et continué.

« Pour contrer cela, elle écrit depuis toujours. Elle dégoupille les grenades qui l'habitent, tous ces explosifs cachés dans les replis, les abysses familiaux ; toutes ces allumettes prêtes à flamber. En son sein elle pratique souvent la stratégie de la terre brûlée.

L'écriture est venue naturellement, comme le sel de la mer, la pluie des nuages, la cendre du feu, la pulsation du cœur.

Elle se souvient, elle n'a que dix ans. Le cerisier qui fait des fleurs roses, mais pas de fruits, ombrage la chambre, tandis que la fillette tape sur une machine à écrire.

Elle aime le bruit sonore et régulier du tampon sur le papier. Les lettres encrées, bien marquées, et le coup sec à la fin pour repartir à gauche. C'est un ancien modèle qui appartenait à son père. Elle le range dans un boîtier noir.

Plus tard, elle achètera un modèle électronique. L'un des premiers, plus discret, avec la possibilité de réécrire proprement. Mais elle ne retrouvera jamais ce bruit qui frappe, martèle chaque caractère, et qui détermine son intention.

Écrire.

Tous les soirs.

Les feuilles noircies s'amoncèlent et forment un tas, c'est une liesse de papiers. Si elle les relisait aujourd'hui, retrouverait-elle cette joie ?

Elle est archiviste, elle a conservé ses poèmes et ses romans d'adolescence, de déménagement en déménagement. Tous ensemble dans une caisse en acier ignifugée. Elle ne les relit jamais mais ils ont à ses yeux plus de valeur que tout. Celle qu'elle était et qu'elle est peut-être encore.

Une petite fille
qui cherche des réponses. »

LA MAISON
Le livre commence par un murmure
22 août 2009

Les feuilles d'un livre sont plus ou moins douces, blanches, lisses, odorantes, le livre commence par ce murmure, ce dialogue inédit, nous écrivons sur le monde des arbres, me dis-je en regardant le cerisier de la cour.

Jean-Marc écoute à côté sur son petit transistor une émission de radio.

C'est comme cela qu'il écoutait *Salut les copains*, l'émission musicale qui a marqué sa génération, dans sa chambre de jeune homme.

Johnny Hallyday, Sylvie Vartan, Claude François, Salvatore Adamo, Michel Polnareff, Christophe.

*La Cavalerie* signé par Julien Clerc et Étienne Roda-Gil.

Une autrice parle de son livre, sa voix percute l'air, elle l'appellera dès que ce sera fini pour savoir si elle était bien.

Il a mis de côté le manuscrit, il l'emportera dans son cartable le soir même. Je ne lui ai presque rien dit, il n'aime pas les explications. Moi non plus.

Il y a trois manuscrits sur le canapé noir. Trois écrivains confirmés. Il a rendez-vous avec les trois.

L'un –

Jean-Marc est doux, toujours, mais ça ne lui plaît pas du tout. Ça finira dans un tiroir.

L'autre –

Il a une idée, une idée qu'il a hâte de voir avec l'auteur, il est malicieux. Mais est-ce que l'auteur va aimer, il n'imposera rien.

L'autre –

Quelques corrections de son écriture fine, presque illisible.

Est-ce qu'il aura rendez-vous avec Maria ? L'aimera-t-il comme moi ? Les feuilles du cerisier sont petites et douces. Elles rougeoient.

Dans les forêts, l'humus fait le lit

Les souvenirs, les rêves, les histoires font le lit des livres

Strate après strate

Se dégage une clairière

## LE CANAPÉ ROUGE
## Hiver 2013

J'ai aligné les livres de Jean-Marc par ordre chronologique sur le velours du canapé. Ils ont apparu, ils pourraient disparaître.

C'est si bien rangé chez lui, pas de piles de manuscrits, de feuilles de papier, tout est consigné dans des cahiers qu'il recopie minutieusement, des carnets, des agendas, il n'est enseveli de rien.

*Samedi, dimanche et fêtes*, *Les Petits Verlaine*, *La Partie belle*, *La Comédie légère*, *Le Sommeil agité*, *Les Enfants de fortune*, *Affaires étrangères*, *Méchant*, *Mon père américain*, *Monsieur Pinocchio*, *Une petite femme*, *Un début d'explication*, *Toilette de chat*, *François-Marie*...

Le deuxième, en 1973, est dédicacé à Jean Cayrol.

Certains sont des livres mémoire – comme si Jean-Marc était son propre mémorialiste, lui l'hypermnésique se faufilant dans les plis et replis familiaux, jouant de la fiction, de personnages à clés.

Une mémoire d'écrivain, qui donne *sa version des choses.*

– Qu'est-ce que c'est que l'écrivain ? c'est un rusé, c'est un roué, il va se servir dans l'écriture de beaucoup de choses.

Jean Cayrol martèle ses mots. D'un ton précis, sans appel, il poursuit sa pensée.

– L'écriture vous permet d'être en contact permanent avec les autres, c'est mon côté cybernétique pour arriver à communiquer... Écrire, c'est un phénomène de *récupération* de moi-même... Au fond, c'est un acte de sauvetage, en même temps c'est un acte aussi d'attelle : je ne peux pas être aimé, sentir les autres... C'est un phénomène *offensif* et *défensif*.

Pierre Dumayet tire avec flegme sur sa pipe.

Les bandeaux révèlent Jean-Marc à des âges différents, la couleur succédant au noir et blanc laisse apparaître ses yeux bleu acier.

Ces yeux-là ont une légère gravité ou une gravité légère.

Parfois s'étale juste ROBERTS.

Un nom américain avec ce *s* final, qu'on ne sait pas prononcer ou qui semble signaler plusieurs personnes.

Au dos des premiers livres figurent des extraits de critiques prestigieuses, elles dénotent le goût du risque, le délire, la petite musique, la légèreté, la tendresse.

Ces journalistes qui écrivent sur tes romans sont les mêmes à qui tu demandes des papiers pour tes auteurs.

– Le meilleur sera forcément le prochain, glisse-t-il, malin. Il a rangé le manuscrit qu'il est en train d'écrire.

J'ai emporté un mini-enregistreur dans mon sac, que je n'ai pas osé enclencher. La prochaine fois. J'ai encore beaucoup de questions.

J'ai réécouté ses interviews de jeune homme culotté, en apparence un peu trop sûr de lui. J'essaie de le suivre. À cette époque, c'est une voiture de course, lui qui n'a jamais passé son permis, du vif-argent.

## RADIOSCOPIE
## Lire, publier, défendre, faire connaître
## 1975

– Jean-Marc Roberts, vous avez vingt et un ans, êtes-vous déjà un vieux monsieur comblé ?

Sur le générique de l'émission *Radioscopie* composé par Georges Delerue, on entend la voix un peu traînante de Jean-Marc dire son nom.

Il est assis en studio face au journaliste, habile, souvent amusé, Jacques Chancel. Il parle comme un vieux sage, légèrement désabusé, mais plein de révolte, quatre livres à son actif, désormais occupé par son nouveau métier de conseiller littéraire au Seuil (il a quitté Julliard) dont il résume l'essentiel :

*lire, publier, défendre, faire connaître*

et fustige les éditeurs devenus des marchands de chaussures, du mocassin à la bottine. Il a le goût de la provocation, le sens de la formule.

– Marcel Jullian, votre ancien patron chez Julliard, dit de vous, Jean-Marc Roberts : il est drôle, nostalgique, désespéré. Je dirais de vous : la gentillesse qui cache la violence, la courtoisie qui cache l'amertume… Savez-vous ce que vous cherchez ?

– Plutôt qui je cherche… Je désire trouver quelqu'un qui me reconnaîtrait une existence. Je veux exister à n'importe quel prix. J'écris car c'est facile, si on a peur des autres, on prend un crayon, un papier. C'est vrai que je suis pressé. Pressé de jouer avec la vie des autres qui jouent avec ma vie. On n'est pas considéré quand on est jeune dans ce pays, c'est une nation d'arriérés. Je crois vraiment que les autres peuvent jouer avec ma vie. Donner ses angoisses en pâture, c'est amener les autres à renvoyer leurs propres angoisses, et à en jouer. J'écris pour respirer. J'écris pour me faire peur et faire peur aux autres.

LA MAISON
Le service de fabrication
22 août 2009

Les mains sur une tasse fumante, je regarde attentivement le *spécimen* que notre fabricante Hélène m'a envoyé. Il s'agit de quelques pages d'un manuscrit mis en forme pour l'impression. L'échantillon donne un aperçu de la composition choisie.

Je trace à la règle les traits de coupe afin de dimensionner les pages. Le livre fera 135 mm de largeur, 215 mm de hauteur. Je vérifie l'empagement, la présentation, la taille des folios, le nombre de pages blanches finales.

La pagination est déterminée en fonction des *cahiers* utilisés. L'ouvrage comportera vingt cahiers de seize pages, soit 320 pages pour 375 000 signes.

Dans une petite maison, on apprend tout, on sait un peu tout faire. Éditorialement, il faut arbitrer le suivi intégral des textes et la recherche d'idées, de nouveautés.

Je rapporte le spécimen à Hélène, dont le bureau se situe au rez-de-chaussée derrière l'accueil. Dans un vaste open space, les fabricants de différentes maisons du groupe Hachette dont fait partie Stock coordonnent, supervisent, commandent, négocient, éditent des devis, estiment le coût de revient d'un livre.

Elle a, de son œil de lynx, repéré certaines choses.

Elle est notre lien avec les compositeurs, les photograveurs, les imprimeurs, les papetiers, les façonniers, tout cet *artisanat* du livre.

Elle est celle qui trouve des solutions.

Dans un monde qui tend à réduire le temps, les coûts, à externaliser, à rentabiliser, à diminuer la diversité des papiers et des formats, à optimiser férocement, elle est de plus en plus prise entre la logique gestionnaire du groupe auquel nous appartenons, la créativité de l'éditeur, le désir des auteurs, les impératifs des fournisseurs.

Elle invente, elle propose, elle tient bon, garde le cap, elle qui vibre sur un beau papier, dont elle reconnaît la texture, le grammage, au toucher, sur un vernis *soft touch*, un gaufrage, un embossage, son rêve est de faire du beau, du sur-mesure. Un livre, c'est un objet en trois dimensions pour tous les sens,

Les mots, les récits, les cris, les rêves y prennent corps.

Font corps.

## COMPRENDRE LES ENJEUX DE L'ÉDITION

*Alternatives économiques*

Mars 1995

« Le secteur français de l'édition est l'un des plus concentrés au monde. Hachette Livre et le Groupe de la Cité contrôlent à eux seuls près de la moitié du chiffre d'affaires total du secteur, aux côtés de quelques maisons d'édition de taille moyenne et d'une multitude de petits éditeurs. Cette concentration s'est fortement accentuée au cours de la dernière décennie, sous l'effet de plusieurs facteurs.

Tous les éditeurs possèdent en commun la recherche d'économies d'échelle. Gagner en taille permet de mieux négocier les achats à l'extérieur (fabrication, imprimerie...). Mais, c'est surtout la maîtrise des réseaux de distribution qui constitue la raison majeure du vaste mouvement de concentration de l'édition, en France comme à l'étranger. Car éditer, ce n'est pas seulement concevoir et imprimer un ouvrage, c'est aussi assurer sa mise en place dans les points de vente (plus de la moitié du prix final). Ainsi la maîtrise de la distribution est-elle devenue une composante stratégique majeure du secteur.

La maîtrise de ce pôle nécessite des investissements lourds : informatisation des systèmes de commandes, plateforme de stockage, pilonnage. Dans le même temps, l'exacerbation de la concurrence entre éditeurs, dans un contexte de stagnation relative des ventes et de pression sur les marges, a conduit à faire de la politique commerciale auprès des libraires (la diffusion) un élément essentiel de la survie des maisons. Or, seules les plus grandes maisons disposent d'une offre suffisante pour entretenir un réseau de représentants capable de couvrir l'ensemble des points de vente.

Résultat : le duopole La Cité-Hachette contrôle près des deux tiers de la distribution et assure la mise en place de la production de nombreux éditeurs indépendants, incapables de financer leur propre structure. Seules quelques maisons de taille intermédiaire comme Gallimard, Flammarion, Le Seuil ou Hatier ont réussi à créer et développer leur propre réseau de distribution et de diffusion [et] à se développer grâce à une stratégie de diversification dans d'autres domaines éditoriaux : jeunesse, loisirs, livres pratiques…

Troisième niveau enfin : les 350 maisons d'édition indépendantes qui se maintiennent au prix d'une forte créativité, favorisée par des structures plus légères, permettant davantage de souplesse.

Le faible niveau du "ticket d'entrée" dans le secteur permet en effet l'apparition – et la survie – de quantités de petits éditeurs. Car l'édition ne nécessite pas en elle-même de véritables investissements. Un bureau, un téléphone et surtout un réseau de connaissances qui permettra de dénicher les bons auteurs et d'en faire parler. Tout le reste (fabrication et distribution) peut être sous-traité.

Évidemment, toute la difficulté consiste à se positionner puis à se maintenir sur un marché déjà bien encombré. Si de nouveaux éditeurs entrent sur le marché chaque année, d'autres disparaissent.

"L'une des grandes forces des petites maisons, explique Jacques Magagnosc [le directeur des éditions Syros], c'est l'innovation. Malheureusement, les gros éditeurs s'emparent tout de suite de l'idée, en réalisant des sortes de sous-produits. [...] Le problème de la création, ajoute-t-il, c'est le coût en temps, en argent et en compétences que cela représente" [...], il devient plus difficile de rentabiliser la création éditoriale : "La clientèle est devenue conservatrice et conformiste ; *elle va au pôle dominant.*" »

LA MAISON
Les yeux ouverts
22 août 2009

Les jambes croisées, le menton appuyé sur son poing droit, renfermant une cigarette, comme si sa tête était lourde, Jean-Marc dicte d'un jet un courrier de quelques lignes ou de deux pages, pour encourager, *garder les yeux ouverts sur, je demeurerai votre lecteur ami.*

Il tourne le briquet dans sa main gauche. Lève la tête vers le ciel, toujours appuyé sur son poing, le corps légèrement contorsionné, tandis qu'Anne-Marie noircit son carnet.

Jean-Marc lit vite, refuse souvent.
Aimer est rare.
Aimer est précieux.
Un éditeur se définit tout autant par ce qu'il refuse.
*Ceci n'est pas pour moi.*

Combien d'écrivains ont remisé leur manuscrit dans un tiroir, jeté à la poubelle des centaines de pages, des millions de signes, effacé en un instant des mois de travail, pour un non définitif. Il n'a aucun scrupule à décliner un texte qui va être un succès ailleurs, un texte qu'on dirait « publiable ». Lui préfère les textes impubliables, qu'il serait le seul à aimer et parviendrait à faire aimer, à la recherche de *moutons à cinq pattes*. Cela demande une énergie à contre-courant, comme un saumon qui remonte le fleuve. De son désir s'emballe la machine, se met en branle toute la maison. Celle-ci est comme une entité, une armée efficace avec des postes bien définis. Elle doit être un abri, un signe de reconnaissance. Ce qu'on y publie constitue le *signal*.

– Tu as encore un peu de temps ? demande-t-il à Anne-Marie, qui acquiesce.

Il a reçu un courrier en recommandé. Il dépose le briquet sur la table, puis énonce calmement :

« À Monsieur Nicolas Ungerer, 3 rue des Abbesses, 18e

*(il connaît les adresses et les numéros de téléphone par cœur)*

Mon grand Nicolas *(il s'arrête)* Il vaut toujours mieux dissiper les malentendus. Puisque tu m'exprimes clairement et tendrement ton sentiment, à mon tour et sur le même ton de t'exprimer le mien. *(il ralentit pour Anne-Marie)* Tout d'abord, je ne me souviens pas de t'avoir dit et encore moins répété que j'étais le "meilleur des éditeurs parisiens". *(entre guillemets, précise-t-il)* Le mot lui-même, "meilleur", m'a toujours paru obscène, il n'y a pas de "meilleur écrivain", de "meilleur plombier" ni de "meilleur coup". *(tu mettras des guillemets à tout ça)* Nous sommes tous perfectibles et c'est tant mieux, cela nous donne une excellente raison de continuer. Combien de fois, par contre, t'ai-je sinon remercié, en tout cas fait comprendre d'une simple lueur dans le regard que ta fidélité et ta confiance à mon endroit étaient bel et bien ma plus belle chance et ma plus belle raison d'exercer ce métier. C'est grâce à toi que nous obtenions, tant au Seuil que chez Fayard ou chez Stock aujourd'hui, des succès revigorants.

*(à la ligne)*

Je ne suis pas non plus, je l'espère, un éditeur jaloux ni possessif. Quand tu m'as annoncé, il y a près de deux ans, ton souhait de publier un journal de l'année ailleurs, j'ai tenté bien sûr d'"arracher" *(entre guillemets)* le projet. Je respecte néanmoins tes choix jusqu'à les favoriser, je pense à la publication de ton dictionnaire chez Flammarion.

*(à la ligne à nouveau)*

Si je n'avais pas compris, pour ma part *(il répète pour Anne-Marie, qui a tourné sa page)*, si je n'avais pas compris, pour ma part, que ton projet sur l'écrivain Boris Pasternak n'était pas très important pour toi, je ferais bien de renoncer à toute activité éditoriale. Tu m'as très souvent montré ton travail en cours et j'ai parfaitement considéré la version que tu m'as adressée à la fin de l'année comme un travail encore en chantier que tu achèverais dans les semaines à venir. Je me suis permis *(je n'ai pas utilisé l'expression avant ? demande-t-il. Anne-Marie relit ses notes : non)*, Je me suis permis comme je l'ai toujours fait avec toi et avec tous les auteurs qui m'importent, d'exprimer quelques réserves sur l'abondance des citations.

Réserves ne signifie pas réticences et je croyais sincèrement que le bien fou que je pense de l'entreprise ajouté à la confiance que tu me témoignes depuis si longtemps m'autorisait à te parler en toute liberté. Sauf décision de ta part, je ne laisserai jamais paraître ce livre ailleurs. Comme je te l'ai dit et répété au téléphone, il représente, en effet, après vingt années de publication et donc autant d'écriture, l'un des aspects les plus singuliers et les plus secrets de ton œuvre, sa part cachée, enfouie, que tu fais resurgir ici de la manière la plus vive et la plus implacable.

*(à la ligne, précise-t-il à nouveau)*

Je t'écris cette longue lettre avant de recevoir la version du texte achevé que je lirai aussi rapidement et aussi attentivement que la précédente. Te dire enfin, mon cher Nicolas, qu'il est facile, comme tu le vois, de rétablir une communication. En ce qui me concerne, je n'entends plus aucun *(court silence)* grésillement et je souhaite de tout mon cœur qu'il en soit ainsi de ton côté.

Jean-Marc »

– Est-ce que tu peux relire, s'il te plaît ?

Anne-Marie parcourt son écriture abrégée. En l'écoutant, Jean-Marc se frotte le menton de l'index droit. Ne change pas un mot. Croise l'autre jambe. Prêt à allumer sa cigarette, qui restera éteinte, il poursuit.

– On va s'occuper de ça pour finir. Tu demanderas l'adresse précise aux filles de la presse.

« À la Directrice des programmes de France Inter :

Ma chère Isabelle,

Je suis très heureux du projet que nous avons ensemble sur Greta Garbo. Comme je te l'ai dit, c'est une excellente idée et nous avons besoin d'avancer vite à présent. Je sais combien tes activités t'accaparent à la radio, mais les impératifs éditoriaux et commémoratifs nous y obligent. C'est pourquoi ma collaboratrice t'a appelée, afin de te donner toutes les informations nécessaires à ce beau projet, mais visiblement tu ne l'as pas très bien accueillie. J'en suis déçu et je te saurais gré de la considérer au même titre que moi, c'est-à-dire avec respect.

Ton Jean-Marc »

Anne-Marie sourit et emporte son cahier de notes, tandis que Jean-Marc allume sa cigarette.

## LA RUE JACOB, PARIS 6e
## Les enfants de Cayrol
## 1977

D'une cigarette à l'autre, pour garder le fil, j'ai répertorié les dates importantes dans mon carnet. Selon cette chronologie, Jean-Marc est entré au Seuil en 1977, l'année même où Jean Cayrol a pris sa retraite.

Celle-ci voit disparaître de grands noms: Henri-Georges Clouzot, Jacques Prévert, Elvis Presley, Maria Callas, Charlie Chaplin, et deux auteurs qu'adore Jean-Marc: René Goscinny et Vladimir Nabokov.

La rue Jacob, où siège Le Seuil, égrène ses hôtels particuliers, ses cours, ses ateliers, ses jardins, ses galeries d'art, ses artistes, ses célébrités – longtemps s'y est tenu le salon littéraire de l'Américaine Natalie Clifford Barney. Elle fait partie du Triangle d'or de l'édition avec la rue Sébastien-Bottin (Gallimard) et la rue des Saints-Pères (Grasset et Fayard), en plein cœur de Saint-Germain-des-Prés. Les maisons d'édition y sont concentrées pour des raisons historiques: la proximité de l'université de Paris, des étudiants, de la Seine – il faut de l'eau pour imprimer – a favorisé depuis des siècles au sein de la ville tout un peuple du livre, fondeurs de lettres, doreurs, parcheminiers, enlumineurs, relieurs, papetiers, libraires-éditeurs, imprimeurs, et leurs nombreuses échoppes, jusqu'à la mécanisation.

La rue Jacob, et ses alentours, est joyeuse. Des caves enfumées s'échappaient il y a peu des notes de jazz et des chansons, les volutes de l'existentialisme, à présent c'est l'apogée du disco, la fièvre du samedi soir, dans les boîtes de nuit.

Jean-Marc y hume l'air de Paris, joue au flipper au Pré aux Clercs, déjeune chez Lipp. Il est un personnage de Saint-Germain-des-Prés, soutenu par Louis Aragon qui lui a obtenu le prix Fénéon, ami du golden boy de Paris François-Marie Banier et de Patrick Modiano avec qui il fait des blagues téléphoniques. Il traîne au Drugstore Publicis, ce temple de la consommation, au décor flamboyant, ouvert jusqu'à 2 heures du matin, 24 heures sur 24, avec sa pharmacie, son bureau de tabac, sa brasserie, et un cinéma attenant. Il aime aussi le cabaret Don Camilo, où performent chanteurs, imitateurs, humoristes, dessinateurs, chansonniers ou ventriloques.

C'est Don Camillo, curé non conformiste, et Peppone, maire communiste, créés par Giovannino Guareschi, qui ont favorisé l'essor des Éditions du Seuil. Un succès de librairie phénoménal décliné en films avec Fernandel. Ce sont toujours les succès qui permettent le reste, les livres confidentiels, la littérature brûlante, l'œuvre, la récidive.

Au numéro 10, le cabaret L'Échelle de Jacob a vu

les débuts de Léo Ferré, Serge Gainsbourg, Juliette Gréco, Charles Aznavour, Jacques Brel. Ada Lonati s'y est produite en même temps que Barbara, proposant des numéros fantaisistes, imitant Louis Armstrong et sa trompette. C'est rare, une femme qui fait rire. À présent, Peggy a son cours de théâtre.

Jean-Marc est filmé parmi ses élèves.

Jeune homme arpentant Saint-Germain-des-Prés, suivi par une caméra, répondant à des questions.

*Qui êtes-vous, Jean-Marc Roberts ?*

Le journaliste évoque « l'enfant prodige des lettres », « un enfant qui aimerait grandir sans être adulte », avec « sa musique bien particulière », « l'un des plus doués de sa génération ». Le visage juvénile, les boucles noires, les épaules perdues dans une veste blanche, tout contredit le côté « arrivé ». Il a la démarche de quelqu'un de faussement assuré.

On l'aperçoit dans son petit bureau, c'est un fonctionnaire avec ses habitudes, réglé comme du papier à musique.

De l'ordre dans le chaos.

Il écrit, avec régularité, sur des cahiers Clairefontaine, deux, trois pages, qu'il lit à haute voix à des proches dès l'aube. Il chronique aussi pour *Le Quotidien de Paris*. Il veut *frictionner* la vie, demeurer éveillé par tous les moyens. Il remonte la rivière enchantée du Jardin d'Acclimatation, file la nuit vers les casinos d'Enghien et de Deauville dans une voiture bleu turquoise sur la musique de Cat Stevens.

Il joue à la vie – on joue beaucoup dans ses livres.

On l'a vu autour d'une table de jeu, jetons en main, à l'émission littéraire phare *Apostrophes* de Bernard Pivot – il en deviendra un invité régulier – dont le thème était « Le jeu, le hasard et la chance ».

Cela lui va bien ; éditer, c'est une question de travail et de chance, autant que la célébrité.

*Faites vos jeux, les jeux sont faits, rien ne va plus.*

Jean-Marc parie sur le 5.

Le croupier fait tourner la roulette, il jette la bille en sens inverse, elle cavalcade de numéro en numéro, puis s'arrête.

*15 rouge pair et manque.*

La chance, ça se provoque.

Il semble à l'aise sur les plateaux de télévision.

Mais ça cache juste sa peur.

Je remarque qu'on le présente longtemps comme le plus jeune, qu'on cite son grand nombre de livres, qu'il lève alors un sourcil, esquisse un sourire gêné, comme s'il s'excusait.

Ce sont des années flamboyantes, celles d'un milieu et d'une époque que je n'ai pas connus, que j'imagine par touches, suivant les traces de Jean-Marc, son pas allègre. Toutes ces rues sont devenues plus calmes, plus vides, plus étriquées, vivant sur les réminiscences, les échos de ce monde si proche et si lointain.

Au Seuil, ça remue à chaque étage, l'agitation, l'élévation des idées, l'effervescence d'une maison fécondée par les débats, l'époque, les sciences humaines, la littérature française et étrangère, et qui s'étend sur plusieurs numéros de la rue, puis du quartier, au fil de son développement – nouvelles collections, nouveaux éditeurs, nouvelles pratiques commerciales, diffusion de petites structures éditoriales et grands prix littéraires d'automne.

Cette année-là, Roland Barthes fait paraître dans la collection Tel Quel ses *Fragments d'un discours amoureux* et Didier Decoin obtient le Goncourt pour *John l'Enfer*.

Philippe Sollers et Claude Durand ont leur bureau, ainsi que Denis Roche et Jean-Marc, qui a repris celui de Jean.

Tous auteurs, tous éditeurs.

Les enfants de Cayrol.

Cet homme nous a mis au monde, écrit Jean-Marc.

## LE CANAPÉ ROUGE
Hiver 2013

Un vieux fauteuil en cuir, aux ressorts un peu usés, occupe à présent le salon. Il semble sorti d'une brocante. Chaque fois que Jean-Marc s'absente un instant, quelque chose apparaît. J'hésite à m'y asseoir.

– Tiens, le fauteuil de Jean, je le croyais perdu, dit Jean-Marc, très content. Je l'avais gardé dans mon bureau du Seuil même s'il prenait de la place. Quand je suis parti, je l'ai laissé sur place, il appartenait à la mémoire du lieu. Un jour, un imbécile s'en est débarrassé.

Il marque une pause.

– Jean s'est beaucoup donné, mais il est resté marginal, marginalisé, c'était quelqu'un de singulier, je veux dire dans la littérature et l'édition. On ne l'a pas tellement soutenu. Sa disparition est inexplicable… *(il se reprend)* je veux dire, inexcusable. Nous sommes tous remplaçables, les écrivains, non. Mais il y a quand même des gens plus remplaçables que d'autres.

Le fauteuil craque comme si on s'y asseyait, j'ai l'impression de distinguer la silhouette de Jean les jambes croisées, accaparé par un manuscrit, avec son sourire doux. *Le tout est d'approfondir même un murmure,* a-t-il écrit.

Jean-Marc a filé. Il a rendez-vous de nouveau avec Jacques Chancel.

## RADIOSCOPIE
Comme mes enfants
1979

– Jean-Marc Roberts, c'est la troisième fois que je vous reçois dans *Radioscopie*, vous êtes pour ainsi dire un habitué malgré votre âge. Vous voici tranquille à présent : vous avez reçu le prix Renaudot pour votre huitième livre, *Affaires étrangères*, et vous n'avez que vingt-cinq ans. Vous allez pouvoir prendre votre temps. La reconnaissance n'assagit pas ?

– Un prix permet d'avoir la paix. Mais j'ai peur d'être installé. Je ne pense pas être confortable. Il faut vivre indigné. Il faut vivre éveillé.

– Votre précédent roman, *Le Sommeil agité*, contait l'histoire d'un homme pas tout à fait guéri de son enfance. Je crois qu'on peut dire que vous êtes sorti de votre enfance c'est-à-dire que vous y êtes revenu, mais normalement.

*Silence.*

– Vous êtes aussi conseiller littéraire dans une maison. C'est devenu une activité importante pour vous.

– Les livres que j'édite sont comme *mes enfants*, à côté de mes propres livres.

C'est une chose qu'il redira, avec obstination. D'où vient cette conscience ? A-t-il appris cela de Jean Cayrol ? Est-ce qu'il essaie d'occuper le terrain en allant vite ? Il s'intéresse à tout, la fabrication, la commercialisation, la publicité, la presse, les ventes, les prix littéraires, en éditeur « total », il ne reste pas à son bureau, s'attachant seulement aux textes, il agit de toutes les façons possibles.

Tout ça on ne lui retirera pas. Ses livres, les livres des autres.

Il veut exister, dit-il. Il veut contrer la peur – d'où naît la peur ? Où s'est-elle ancrée dans l'enfance ? C'est comme si chacun de ses livres apportait une pièce à l'édifice, quelle que soit leur fabrication, leur part de fiction – je les ai lus attentivement, annotés, à la recherche d'indices, de révélations, avec le sentiment que tout était là et que tout échappait.

Comment croire un écrivain ?

Craint-il qu'on le découvre, qu'on découvre comme dans un mauvais rêve qu'il serait un usurpateur, un voleur d'identités, comme le voleur d'enfants de l'un de ses romans ?

Il est marié, père de famille. Jeune au milieu d'un

vieux monde, précoce en tout, flamboyant, drôle, incorrect, charismatique, férocement séducteur, et s'y coule parfaitement. Il y a cependant chez lui quelque chose qui flotte sur l'écume des choses – la prescience qu'il faut bousculer, prendre sa place, mais que, jusqu'au bout, on n'a pas gagné.

Que ce monde-là l'a toléré
Qu'il faut renverser la vapeur.

Esquiver
Feinter

Glisser comme un patineur

LA MAISON
Déjeuner à Saint-Germain-des-Prés
22 août 2009

Alors que je descends l'étage, je croise Jean-Marc dans l'escalier qui part déjeuner. Lipp, le Café de Flore, Les Deux Magots, Le Pré aux Clercs, côté Saint-Germain ; La Rotonde, Le Sélect, La Closerie des Lilas, côté Montparnasse ; La Méditerranée, côté Odéon ; les repas, les rendez-vous en terrasse, pour aller à une soirée, un cocktail, un vernissage… Il y a, dans ce quartier, une géographie des rencontres depuis des décennies où se mêlent artistes, intellectuels, politiques, touristes. Tant de discussions devant un café, un plat, une cigarette, des secrets échangés, des murmures, des rires, des jeux, des mensonges, des rumeurs, des arrangements.

Regarder, se saluer, se croiser, être vu, se faire voir.

Dans un mouchoir de poche.

Jean-Marc a ses tables, ses chemins, ses arpents, sa terre, tout y est intriqué. Il a ses réservations à l'écart : chez Lipp, derrière la porte à tambour qui tourne, où il mange des pieds de porc farcis avec un verre de bordeaux, à La Closerie des Lilas, où il s'installe à la table Edvard Munch face au bar en acajou, à l'Orient Extrême, près du rideau en velours de l'entrée, où il avale des sushis raffinés. Capable d'une blague, d'une inconvenance – il aime la gaieté, la provoque – mais aussi de discrétion, il s'adapte. Il sait tout de suite à qui il a affaire.

C'est le moment des confidences.

*Sur quoi travailles-tu ?*

Parfois rien n'est dit, tout est évité, ne pas brusquer, ne pas parler des projets en cours, tout savoir des finances, des amours, des chagrins, des enfants, des pertes, car tout entre dans un livre, inciter à écrire, parce que les mots sont l'agent consolateur, le ferment de vie, attraper une idée, donner des envies, inspirer un livre.

Être à la place du confident intéressé.

Les pas des éditeurs, des attachés de presse, des écrivains, des journalistes, une valse qui s'éteint au fil des déménagements, des nouvelles habitudes et, tandis que le territoire est gagné par les touristes, le factice, la cherté de l'addition, la surconsommation, la débandade des classes moyennes, la désertion commence. Les librairies sont remplacées par des boutiques de luxe, l'édition se dissémine, les groupes se rassemblent.

Racheté par La Martinière, qui sera elle-même rachetée par Média-Participations, Le Seuil quittera bientôt la rue Jacob pour s'installer à la porte d'Orléans, près du périphérique, dans l'ancien immeuble des laboratoires

Pfizer, puis à l'opposé dans le 19e arrondissement, du côté de la petite ceinture. Les bureaux historiques seront repris par une nouvelle maison d'édition avant de devenir un magasin de décoration chic, un showroom, une vitrine.

Le Seuil conservera comme sigle l'if, qui n'existe plus.

Un jour, on est venu le couper.

LA MAISON
Le jardin du Luxembourg
22 août 2009

Celles qui n'ont pas de déjeuner mangent dans la salle de réunion ou les bureaux, parfois au jardin du Luxembourg. Certaines apportent leur tupperware. Les odeurs de nouilles chinoises envahissent le couloir, et les poubelles s'emplissent de barquettes en plastique et de couverts jetables.

Ce jour-là, je marche dans les allées du parc à la française jusqu'au grand bassin, où fraient des poissons, s'envolent des cerfs-volants, glissent des bateaux, pour trouver la lumière qui jaillit du ciel, de l'eau, des graviers blancs, de la chaleur de l'été.

J'inspire, j'expire.

J'inspire, j'expire.

Je me rassemble, m'unifie au contact d'arbres remarquables, platanes, marronniers, hêtres pourpres, acacias, arbres de Judée, parfois caresse un tronc, une racine, ramasse une feuille nervurée comme celles que je rangeais dans les herbiers de l'enfance. Bientôt ce sera le parfum terreux de l'automne.

Je m'installe sur l'une des chaises en acier vert. De l'autre côté du parc se trouve l'université où j'ai fait mes études. À l'époque déjà, je venais m'asseoir, le sac empli de livres, de notes et de révisions.

Je repense au manuscrit de Maria. Il me donne envie d'écrire à nouveau. Je sors de mon sac un carnet bleu Klein et un stylo.

Jean-Marc rentre de son déjeuner agacé. Quelqu'un lui a demandé de *pitcher*. Quels sont tes favoris ? Sur quel cheval mises-tu ?

Il n'en revient pas. Il y a toujours des enfants plus brillants, plus doués, qu'on va pousser, mais il a du mal avec ça : réduire un roman à cinq lignes, le considérer en fonction des ventes précédentes, marcher à la facilité, il veut aller là où on ne l'attend pas.

## LECTURES POUR TOUS
## Le passeur de littérature
## 1958

Avant *Vocations*, Pierre Dumayet a proposé durant quinze ans la première émission littéraire de la télévision, *Lectures pour tous*, avec Pierre Desgraupes et sous la caméra de Jean Prat. Elle accueillait les plus grands écrivains et les nouvelles voix : Jean Rostand, Jules Supervielle, Raymond Queneau, Vladimir Nabokov, Paul Éluard, François Mauriac, Marguerite Duras, Jean Cocteau, Romain Gary, James Baldwin, Nathalie Sarraute, Michel Foucault, et tant d'autres.

Louis-Ferdinand Céline y dit quelque chose comme : C'est pour ma tranquillité que j'ai écrit *Voyage au bout de la nuit*. J'avais la peur des fins de mois, du terme à payer.

En 1958, Pierre Dumayet reçoit Claude Simon et Jérôme Lindon, son éditeur. Sous la couverture étoilée des Éditions de Minuit, celui-ci publie Samuel Beckett, Marguerite Duras, Bernard-Marie Koltès, Jean Echenoz.

Le journaliste commence l'émission avec une sincérité

désarmante : « Je l'avoue humblement, j'ai trouvé votre dernier livre assez difficile. »

Tout son travail consiste alors non pas à simplifier ce difficile, à l'écarter, mais à le comprendre et le faire comprendre.

C'est Jérôme Lindon qui s'exprime le plus souvent, expliquant que les choses sont plusieurs choses en même temps, qu'il s'agit de tentatives de *restitution* de la réalité, qu'on ne se perd pas dans les phrases même si elles font plusieurs pages.

Il est le *medium* – l'intermédiaire de la lecture.

La caméra est braquée sur la nuque de Claude Simon, son visage tourné silencieusement vers celui de son éditeur, qui parle pour lui.

Il acquiesce.

Dix-sept ans plus tard, Pierre Dumayet créera l'émission *Lire, c'est vivre*. Il ne cessera de faire lire.

C'est un passeur de littérature.

LE MANUSCRIT
Les mots parlent pour elle
Page 13

« Lorsqu'elle est en vacances, sur des cahiers Maria écrit d'une écriture claire, précise, appliquée. Les mots parlent pour elle.

Là, elle est assise à son bureau en rotin, rapporté d'Asie. À sa droite une étagère où s'alignent ses livres préférés. Ses héroïnes, ses Fantômettes, ses bibliothèques rose et verte, ses premiers classiques, ses revues de Po&sie.

Dans un placard à la porte coulissante, les autres livres sont classés alphabétiquement sur trois rangées et cinq étages. Elle a établi des fiches colorées pour chacun, signalant nom, prénom, titre, collection, éditeur, année, tapées à la machine, qu'elle range dans un boîtier en plastique transparent. Plus tard elle découvrira le même système dans les bibliothèques universitaires. Mais cela ne lui plaira pas. Les fiches sont vieilles, empoussiérées.

Chaque fiche représente un livre et sa vie. Elle n'a aucune mémoire.

Lorsqu'elle déménagera, elle emportera toujours ses livres. Même si elle ne les relira jamais, elle se souviendra de cette part d'elle juste en les considérant. C'est son autoportrait. Chaque livre signe un moment de son existence, c'est la partie visible d'un iceberg, qui lui permet de se souvenir de tout ce qui était caché, sous l'eau, invisible.

Elle est abonnée à des revues de poésie, de nouvelles, d'archéologie. Elle regarde à la télévision l'émission littéraire *Apostrophes*, présentée par Bernard Pivot, s'imagine répondre à ses questions.

Elle écrit souvent le soir, en fond sonore ses parents visionnent un film. Elle ne voit pas le temps passer. Elle a inventé une histoire policière, se plonge dans le dictionnaire des synonymes. C'est à l'époque son livre fétiche. Elle y trouve des mots précis et originaux, qu'elle utilise : céruléen, marmoréen, piédestal, opprobre.

C'est peut-être là que se dessine sa géographie, dans cet appartement habillé de meubles chinois, vaisselle de porcelaine blanc et bleu, vase de jade, papier peint de riz, masques balinais, et sa tête emplie de souvenirs pas si lointains, sa langue.

Elle écrit des chansons aussi. Elle possède tout un cahier de textes. Dans les revues de son âge, elle détache des posters de stars de variété. Au dos, les paroles des succès de l'époque. Jeanne Mas, Daniel Balavoine, France Gall, Jean-Jacques Goldman, A-ha, Sting – la chanson *Russians* lui déchire le cœur. Elle a du sang slave.

Elle pleure en écoutant une musique, devant un film, la tristesse la relie à son corps.

Le temps passe si vite. Elle a une joie simple, essentielle, à écrire.

Avec ses carnets, trimballés partout, dans chaque sac, chaque voyage, elle ne sera jamais étrangère à elle-même. Parfois c'est un rempart, une protection. Quelque chose qu'elle met entre elle et le monde. Elle a toujours quelque chose à écrire, à faire, à observer. C'est ce qu'elle préfère, observer. Cela peut déranger, car on se demande ce qu'elle a dans sa tête. Ce qu'elle pense. À quoi elle réfléchit.

Mais elle n'est qu'un regard.

C'est peut-être ça qui la conduira un jour à faire des livres. L'écriture, oui. Le plaisir de lecture, oui. Mais aussi ce regard qui plonge, cherche, s'oublie, se trouve.

Ses affaires sont bien rangées. Elle est méthodique.

C'est une chambre d'enfant qui rêve. Elle peut lire quinze livres en un mois de vacances. Jamais rassasiée.

C'est sans doute là que se forge son goût pour la solitude, la tranquillité.

Personne n'impose rien.

Sur ses murs, des images de Jeanne Mas, cheveux et yeux noirs, bouche rouge, de James Dean et Marilyn Monroe.

Elle a aussi un journal intime, scellé par une petite clé. Elle ne le dit pas à sa famille.

Elle dit peu à ses amies. Elle a peu d'amies.

Elle passe des heures sous la douche, dans la salle de bains à carreaux verts. Ça coule sur son visage, ça la nettoie, elle se sent sale.

L'écriture la frotte, la décrasse, d'une autre façon. »

LA MAISON
Le fil rouge
22 août 2009

Concentrée, le texte annoté devant moi, j'inspire avant de composer le numéro de téléphone. C'est la deuxième version d'un manuscrit. Au bout de quelques généralités, j'entre doucement dans le vif.

*On vous a confié quelque chose de précieux et vous devez en prendre soin.*

– Dans l'ensemble, c'est beaucoup mieux, mais quelque chose n'est pas encore en place. On ne comprend pas toujours bien qui parle, quels sont les liens entre tes personnages, de sorte que le récit flotte à plusieurs reprises. Il manque un *fil rouge* qui tiendrait le texte de la première à la dernière ligne, le rendrait nécessaire de bout en bout…

L'auteur écoute attentivement. Il a déjà publié quatre romans, mais ne parvient pas à aboutir celui-ci.

Le *fil rouge*, c'est lui. Il naît de son regard, de son point de vue, de sa construction. De l'architecture aussi bien des mots, des phrases que de la structure. De sa nécessité.

Je perçois son souffle dans le combiné.

Ne pas décourager surtout.

Trouver les mots justes.

Écrire, c'est un chemin de crête ou d'abysse.

Chaque livre est un pari, une nouvelle tentative. C'est s'engager corps et âme. C'est prendre le temps sur tout le reste. C'est persévérer, remettre sans cesse sur le métier pour raconter au plus juste. C'est emprunter des chemins mystérieux, périlleux, s'y perdre, s'y retrouver.

Écrire, c'est aussi chaque jour un rendez-vous avec soi, être porté par la joie, sentir que les phrases s'écrivent presque sans soi.

L'écriture est un muscle qui s'exerce régulièrement, comme courir pour fortifier les jambes et le cœur, elle exige discipline et concentration.

Au bout du téléphone, l'écrivain réfléchit. Il peut y avoir un tel décalage entre le livre en soi et ce qui prend forme. Le livre qu'on croit avoir écrit. Il suffit parfois d'un rien pour que ça fonctionne ou pas. Je poursuis.

– Le lecteur a besoin de ressentir par lui-même ce qui se passe, parfois c'est un peu trop appuyé, comme si tu lui disais ce qu'il devait éprouver. À d'autres moments, à l'inverse, c'est très elliptique, comme si le lecteur devait tout comprendre à travers une allusion, comme si tu ne voulais pas aller au bout et que tu lui faisais faire le travail. Mais le lecteur sent que tu gardes quelque chose pour toi…

– J'ai l'impression que ce serait grossier, trop évident d'expliquer.

– Tu penses dire les choses mais, au final, tu les retiens, comme si tu espérais que le lecteur va les saisir, va écrire le livre à ta place.

– Peut-être qu'il faut simplement que j'alterne les deux voix, sans les mêler.

Liliane passe une tête dans l'entrebâillement de la porte, mais comprend tout de suite que c'est sérieux et recule.

Je vais voir Jean-Marc :

– Ça s'est bien passé ?

– Il nous renvoie une version dans quatre mois.

– C'est quand même très mauvais, pour l'instant.

Il se lève et ferme sa fenêtre. Quelques nuages troublent le bleu du ciel.

– Mais il n'est pas embêtant, au moins.

LA MAISON
S'adapter
22 août 2009

Sur le bureau de Jean-Marc repose un manuscrit extrêmement volumineux, sa tête dépasse du tas.

– Je le publierai au printemps, c'est formidable. Ça va mobiliser quelqu'un pendant des mois, il va falloir s'organiser, mais *on s'adaptera*. On en vendra trois, ajoute-t-il, comme une bonne blague.

Il pense déjà à quel journaliste cela pourrait plaire. Il suffit parfois d'un interstice. Trouver des personnes de son côté pour créer le buzz, l'envie.

*S'adapter* à l'auteur, c'est s'adapter à son écriture, à son univers, à sa personnalité, évoluer avec ses failles, ses désirs, qui se placent à des endroits différents selon chacun. C'est lui dire ce qu'il veut entendre. S'attacher l'un à l'autre. Agir comme s'il était le préféré. Renverser le rapport de force pour lui. « L'éditeur a tous les torts, répète Jean-Marc, un écrivain n'est pas responsable de l'insuccès. »

Jean-Marc est un caméléon, il prend toutes les voix, adopte tous les rôles, il aime les imitations.

Je me demande à quel point il est empêché.

Empêché de dire.

Car pour protéger un auteur, on ne peut jamais tout lui dire, même s'il devient un ami, même le meilleur ami, car tout finit par se mêler, à force de vivre les choses ensemble, intensément, on ne peut pas lui raconter l'absolue vérité.

Il faut le protéger de soi et des autres.

L'oublier, c'est l'exposer et le perdre.

Et même s'adapter ne suffit pas.

À quel point devient-il aussi empêché par l'époque ?

## LA MAISON
## Comme un mécène
## 22 août 2009

– La situation a tendance à se radicaliser : vous allez avoir, d'un côté, des auteurs inconnus qui, jadis, vendaient à trois mille exemplaires, mais qui plafonnent aujourd'hui à quatre cents, et auxquels il va falloir dire que l'on va diviser leurs à-valoir par trois et, de l'autre, des romanciers qui ont la chance de dépasser les trente mille exemplaires et seront surpayés. Le risque, c'est que les éditeurs ne financeront plus de véritables projets littéraires.

Jean-Marc fait face à deux journalistes venus l'interviewer dans l'après-midi pour un dossier spécial Rentrée littéraire. La conversation traverse la cloison de nos bureaux, tandis que j'entre des corrections sur un manuscrit. La nuque est endolorie, l'épaule droite tire, un nerf tendu irradie de la main à l'omoplate. Les révisions émaillent chaque page, la copie est rouge vif.

Je fais une pause, m'étire et mets la bouilloire en

marche, le ventre acidifié par des litres de thé. Je l'arrête aussitôt car son bruit couvre les réponses de Jean-Marc.

Je pose un instant l'oreille sur la cloison. J'aime écouter aux portes.

– Pour le premier roman d'un inconnu, quel pourcentage de droits d'auteur offrez-vous ?

– On ne lui propose pas moins de 9 %, voire 10 %, du prix du livre. Je peux aussi donner des coups de pouce... Le rôle d'un éditeur est de savoir à quel moment précis lâcher du lest. Un contrat n'a pas tellement de valeur à mes yeux. Si l'auteur peine à finir son manuscrit, qu'est-ce qu'on fait ? On appelle les huissiers ? Non ! On essaie de lui accorder cette fameuse rallonge. De toute façon, en littérature, un auteur à l'heure est suspect : les bons auteurs sont soit en avance, soit en retard ! À nous de financer ces petits aléas avec de grands succès. Tenez, j'aurais tout à fait pu vendre l'an passé *Une vie*, l'autobiographie de Simone Veil, à 21 euros. Mais je l'ai mise à 22,50 euros. Calculez la différence sur près de six cent mille exemplaires... Prenez Jean-Louis Fournier. *Où on va, papa ?* en 2007, c'est un petit miracle qui s'est vendu à quatre cent soixante mille exemplaires. Quand nous nous sommes retrouvés pour fixer l'à-valoir de son prochain livre, nous nous sommes regardés et on a rigolé : quelle somme indiquer sur le contrat ? J'ai dû lui proposer 30 000 euros, mais c'était presque par jeu, la question n'était pas là. L'important, c'est la confiance, c'est de savoir si on continue à travailler ensemble.

– Est-il exact que l'agent de Christine Angot vous a proposé de racheter les droits de tous ses anciens titres, alors que la romancière avait déjà quitté Stock depuis plusieurs années ?

– Oui, il m'a proposé autour de 450 000 euros. Ce qui est énorme, si l'on se souvient que deux des livres de Christine s'étaient vendus à quarante mille exemplaires, un autre à trente mille, mais que les autres avaient enregistré des ventes assez faibles. J'ai dit non. Ces livres sont *mes enfants*, nous les avons faits ensemble ! Hachette ne m'a fait aucune remarque, alors qu'il s'agissait d'une excellente affaire. Mais je pense précisément que les éditeurs ne doivent pas chercher tout le temps à faire de bonnes affaires. Je ne crois pas me vanter en disant que je suis le dernier éditeur à l'ancienne à me comporter encore comme un mécène. Il faut faire croire à l'auteur qu'il est dans un petit palace. Avec le *room service*, même, si cela peut le rassurer...

La copie est saturée de rouge, mais aussi de précisions au crayon à papier. Je souris à cette remarque de la correctrice : *Le terme est légèrement impropre dans la phrase mais je l'aime bien quand même.*

– Les agents littéraires ont-ils changé la donne ?

– Ils sont détestables ! Je suis l'un des rares à le dire tout haut. En fait, ce qui a changé, ce ne sont pas tant les agents que la publicité qui leur est faite... C'est pour cette raison, d'ailleurs, que je ne convoiterai jamais des écrivains très chers, y compris Michel Houellebecq, dont les livres m'inspirent pourtant une admiration éperdue. Cela déséquilibrerait toute la maison.

– Qu'est-ce qui a changé depuis que vous faites ce métier ?

– Quand j'ai débuté, les vingt premières années, au Seuil notamment, les auteurs guettaient essentiellement les critiques dans la presse. Dans les années 1980, on n'était pas humilié si son premier ou son deuxième livre ne marchait pas. Aujourd'hui, grâce à internet, aux classements sur Amazon, tout se sait tout de suite. Avant, la grande question, c'était : « Tu fais Pivot, toi ? » Aujourd'hui, c'est : « Tu vends, toi ? » Les auteurs font le tour des librairies incognito, pour voir. Désormais, il y a trois cents Pivot en France, ce sont les libraires !

J'étire ma nuque, lève les bras en l'air. Découvre un mail « Urgent » : *Je vous renvoie le manuscrit, j'espère que vous n'avez pas commencé à travailler dessus, j'ai fait quelques changements importants. Bien cordialement.*

J'entends les journalistes partir, puis le pas léger de Jean-Marc. Il passe une tête dans l'entrebâillement de la porte.

– Je vais à un rendez-vous. Ne finis pas trop tard… J'ai pris le manuscrit. À demain.

## ALLER À CONTRE-COURANT

Combien de temps encore pourras-tu accompagner la *récidive*, l'œuvre en marche, les chemins de traverse, les pas de côté, les insuccès, mensualiser les auteurs, soutenir leur travail, sans pression des actionnaires, dans ce monde où tout s'accélère, où les contrats ne se signent plus sur des nappes en papier, où les notes de frais sont contrôlées à l'excès, celles qu'on gonflait pour rattraper les salaires, où les plateformes menacent les librairies, où les livres ne seraient qu'un gadget, un produit d'appel, désacralisé, où un roman doit être aimable, instagrammable, pitchable, monétisable, photogénique, où les écrivains sont mis en accusation.

2000. L'édition parisienne est encore un monde immobile, sans réseaux sociaux ramifiant la planète, presque tout se passe à Saint-Germain-des-Prés, entre velours et tables réservées.

2010. L'auteur doit faire vendre, raconter une histoire, cracher du storytelling, se vendre. Plus de bafouillages, d'hésitations, de silences radio, de pensées qui s'étirent. Il faut être bon client, s'en prendre plein la figure sur des plateaux de télévision avec des animateurs vedettes.

2020. Training d'auteurs, conférences, tribunes, ateliers d'écriture. Il faut avoir quelque chose à dire en dehors de son seul texte.

Il faut être *sympathique*.

Crise de l'entre-deux : il y a ceux qui sont nés avec internet et ceux qui apprennent à s'en servir. Crise de la presse qui devient moins prescriptrice : de plus en plus de pigistes, de moins en moins de place pour les livres. Tout se précarise. Les correcteurs aussi, à qui l'on n'accorde plus de contrat à durée indéterminée. L'autoentrepreneuriat est apparu – qui n'assure plus retraite et congés payés. Comme les blogueurs, dont on se moque au début, avant de se rendre compte qu'ils ont des choses à dire, puis qu'on a besoin de leur influence.

Les prix de libraires, de lecteurs, de lycéens, plus démocratiques, se propagent et tendent à rebattre les cartes.

Le milieu littéraire a abusé des réseaux, des passe-droits, du mélange des genres, des doubles ou triples casquettes. Il procède de différents cercles de pouvoir et sphères d'influence. On se dit que le vieux monde va s'écrouler, mais il ne s'écroule pas, il mue. Il prend d'autres visages.

L'éditeur aussi doit être *sympathique*. Il apparaît sur les réseaux sociaux, vante les mérites des livres qu'il publie, il entre dans la grosse machine de l'égo, du *self*, saturé d'écrans.

L'éditeur est sur tous les fronts. La tour d'ivoire n'existe pas, ou plus. Il faut mettre en marche tout le système pour sortir un livre, peser le pour et le contre, faire lire et relire, convoquer les puissances du marketing. Déployer une énergie considérable.

L'équilibre ventes-défense de la littérature devient une équation de plus en plus difficile.

Miser, gagner, perdre, se refaire.

Slalomer entre les changements, les fusions, les acquisitions.

Restructuration, holding, transferts éditoriaux, concentration, regroupement, rachats, stratégies, alliances, OPA, diversification, absorption, maisons familiales, actionnaires, groupes multimédias, synergie…

Ce qui était stable devient des sables mouvants.

Quelque chose te fatigue, c'est peut-être l'âge, vieillir, toi qui détestes vieillir, et les vieux, toi qui fus le plus jeune en tout, ce monde qui te tourne un peu la tête, comme si tu pressentais que ça allait dans le mur,

tout ça, c'est du cosmétique, tout ça, ça ne dure pas,

l'édition c'est du temps long.

Tu prophétises la best-sellerisation : quelques écrivains vendant beaucoup, de plus en plus d'écrivains vendant moins, voire plus du tout. C'est le même phénomène au cinéma, le nombre de films dits « du milieu » s'amenuise.

Tu gardes la main, combien de temps. Tu gardes la main pour les auteurs, comme si tu leur devais quelque chose, prendre leur appel à tout moment, les réconforter, les consoler, leur faire croire que tu as besoin d'eux – et c'est vrai –, ou est-ce toi qui veux qu'on te doive quelque chose.

Pour l'instant, tu *résistes*.

Tu adores cette chanson de France Gall, que je t'entends fredonner certains matins.

Jusqu'à présent ce n'est pas trop grave, il faut limiter les frais sur les livres, te demande-t-on, border les comptes d'exploitation, prendre moins de risques. Il faut raisonner et être plus raisonnable.

Tu as la science exacte, pas de tableau, de fichiers, de sondages, le flair. Pas de réunions interminables, de mails avec tout le monde en copie, et autant d'avis. Tu as encore les cartes en main, le réseau, l'affectivité, ta connaissance du milieu, tu peux compter sur ton instinct, et surtout tu fais encore peur.

## LA CONCENTRATION DE L'ÉDITION

*Le Monde*

28 avril 1965

« Un communiqué annonce qu'"un accord vient d'être signé entre l'Union financière de Paris et les Presses de la Cité, au terme duquel les deux groupes ont décidé d'associer leurs efforts dans le domaine de l'édition et de la diffusion du livre. Des prises de participation réciproques viendront concrétiser cette association".

Il "permettra de poursuivre avec une efficacité accrue la politique de concentration, de rationalisation et d'économie entreprise, de part et d'autre, depuis plusieurs années dans le domaine des achats de matières premières, de la fabrication, de la gestion administrative, de la diffusion et de l'imprimerie.

Il ne doit, en revanche, porter aucune atteinte à l'autonomie et à la personnalité des maisons d'édition ainsi associées, qui conservent sans modification leurs organes de direction actuels à l'échelon des conseils d'administration comme à celui des services."

[...] Quelle qu'en soit l'évolution, [cet accord] manifeste une fois de plus la tendance à la concentration de l'édition française, où, en dehors de certaines maisons encore isolées, trois grands groupements se dessinent : autour de Hachette, les Éditions Stock, Grasset, Fayard ; autour de Gallimard, les maisons Denoël, Mercure de France, Table ronde ; autour des Presses de la Cité et de ses satellites, Plon et Julliard. Les conditions de fabrication et de diffusion du livre imposent sans doute cette coopération. Le risque, c'est que ces groupes très puissants entravent les initiatives individuelles d'*hommes prêts à mettre leur zèle et leur goût au service de la littérature*. »

## DE LA COUVERTURE AU CADRE ROUGE À LA COUVERTURE BLEUE Années 1980 à 1995

Où faire de la littérature brûlante ? Avec qui et comment ?

Un éditeur demeure souvent attaché à un lieu, d'où il envoie ses signaux.

Durant dix-sept ans, Jean-Marc est l'un des plus importants éditeurs du Seuil, un incontournable faiseur de prix. Il obtient deux Goncourt, *La Nuit sacrée* (1987) de Tahar Ben Jelloun et *L'Exposition coloniale* d'Erik Orsenna (1988), et un Goncourt pour les Éditions de Minuit, que distribue Le Seuil.

Disséminée sur plusieurs immeubles au fil des années, la maison rivalise à présent avec Gallimard et Grasset – le trio « Galligrasseuil » règne durablement sur les prix littéraires.

Jean-Marc édite Erik Orsenna, Didier Decoin, Michel del Castillo, Patrick Besson, Lydie Salvayre, Vassilis Alexakis, Michel Braudeau, Hervé Guibert, Patrick

Modiano, Katherine Pancol, Lionel Duroy… Il ne publie plus en tant qu'écrivain en rentrée littéraire. Difficile d'être des deux côtés, difficile d'être en concurrence avec ses propres auteurs.

Il a la tentation de créer son *territoire,* un lieu pour soi, comme la collection Écrire, qui a cessé, ou Fiction & Cie, la collection de Denis Roche qui accueille des œuvres plus radicales.

En 1988, il fait paraître *Mon père américain,* un roman sur ce père qui habite loin, qu'il voit épisodiquement, ce père étranger, étranger à lui-même, immense, qui ne parle pas français et lui si peu l'anglais, qui gagne de l'argent alors que lui en flambe, qui possède alors qu'il se déleste. Jean-Marc écrit un livre qu'il ne lira pas de son vivant.

Il y évoque sa mère Peggy et sa tante Joyce, couple fusionnel, des Italiennes siamoises avec qui il a grandi, fumant la même cigarette, buvant dans le même verre. Il est encore trop tôt pour tout dire de la *petite femme* à qui il ressemble tant physiquement. Il faudra dix ans de plus pour raconter leur relation singulière dans un récit où chaque mot compte, et coûte.

Jean-Marc a gagné des pères d'édition. Toujours Jean Cayrol, qui, retourné sur ses terres natales, revient à Paris pour siéger à l'académie Goncourt. Le charismatique et élégant Jean-Claude Fasquelle, issu de la dynastie du livre, P-DG de Grasset, et André Balland, cheveux en brosse, moustache taillée, un artisan du livre, touche à tout, iconoclaste, audacieux, avec qui il joue au poker jusqu'à être interdit de casino.

L'année 1993 est celle des ruptures. Jean-Marc publie pour la première fois un livre chez Grasset, il quitte son éditeur historique, comme écrivain et éditeur. Au revoir, Le Seuil.

Son père américain meurt.

Il a trente-neuf ans.

Il va beaucoup déménager, et beaucoup quitter.

D'abord, il rejoint brièvement le Mercure de France, filiale de Gallimard, avec sa collaboratrice Liliane, qui l'a suivi, mais, rapidement, l'esprit grand-bourgeois qui y règne l'étouffe. Il est trop fantaisiste, imprévisible. Il part au bout de quelques mois pour sauver sa peau. C'est un autre enfant de Cayrol, l'éditeur Claude Durand, qui l'accueille dans son antre.

Nommé le Pape, l'Ogre, celui-ci a déjà une longue carrière. Son premier manuscrit a scellé sa rencontre avec Jean Cayrol et l'édition. Il est devenu lecteur pour Le Seuil à vingt ans et a repris la direction de la collection Écrire. Il a découvert, et traduit avec sa femme Carmen, *Cent ans de solitude* de Gabriel García Márquez, édité *L'Archipel du Goulag* du dissident russe Alexandre Soljenitsyne, qui dénonçait le système carcéral et le travail forcé mis en place en Union soviétique, ainsi que l'autobiographie de Simone Signoret, *La nostalgie n'est plus ce qu'elle était*, vendue à plus de quatre cent mille exemplaires. Depuis 1980, il dirige les Éditions Fayard où il publie des livres polémiques, des enquêtes journalistiques, des romans populaires, des ouvrages plus pointus, dans cette grande maison généraliste, conservant l'habitude de corriger précisément les manuscrits à la façon de l'instituteur qu'il fut.

Claude Durand a un corps épais, des mains larges, une voix de fumeur.

C'est chez lui que Jean-Marc, avec Liliane, crée son espace, en 1995.

Une maison dans la maison. Une série littéraire à la couverture bleu nuit, qui lui donne son nom, la Bleue, pour accueillir une famille d'auteurs.

Cette série bleue, c'est Jean-Marc. Derrière chaque bleu, c'est son goût.

Il change de vie, de cadre. Il veut imposer comme le cadre rouge du Seuil, l'étoile de Minuit ou la Blanche de Gallimard une empreinte, une marque, un esprit.

Il dit série, pas collection, pour la liberté, prétend-il. Il n'a pas son nom dedans, celui de « directeur de collection », il l'utilise déjà pour ses propres livres, mais Jean-Marc est partout, derrière chaque texte. Tout le monde le sait. Il y a sa signature.

Il se radicalise. Il envoie des signaux.

Il a ce rêve : être l'éditeur qu'il souhaiterait pour lui-même.

## LE CANAPÉ ROUGE
Hiver 2013

Jean-Marc est réapparu, il brille d'une façon inattendue. C'est peut-être un mirage, la blancheur des murs. Je ne retrouve plus le magnétophone, je le cherche sous les coussins. La table est envahie de journaux, d'articles de presse, de dépêches. Le livre incorrect qu'il vient de faire paraître agite les rédactions, le monde politique, comme une déflagration, une traînée de poudre.

Chaque fois qu'une affaire agite le milieu, qu'une polémique surgit, qu'on évoque un livre phénomène, que reflue la rentrée littéraire, je me demande ce que tu en penses, en général tu n'esquives pas, tu as une façon originale, bien à toi, de dire les choses.

Une sonnerie d'école retentit. Les collégiens se dispersent bruyamment dans la cour voisine. Je m'apprête à poser une question indiscrète.

Un message s'affiche sur son téléphone. Jean-Marc

répond sur-le-champ. L'appareil est un cordon ombilical qui le relie à l'extérieur, au fil de l'enfance, de l'adolescence, à tout instant.

– Pardon, il faut toujours répondre. On ne sait jamais…

Il parle très doux et tendre, lève un instant les yeux au ciel, en soupirant dans ma direction, mais sans le laisser entendre, puis raccroche.

– C'est Michel. Il n'y a pas son livre à la librairie en bas de chez lui, boulevard des Italiens. Tu pourras vérifier en rentrant ? Il voulait passer ici, je l'ai dissuadé.

En sortant, je franchis un square et son lit de feuilles, les jeux des enfants, les bancs publics gravés de cœurs fléchés, le pavé brillant d'une pluie fine qui a cessé, le bleu est revenu et je rejoins le boulevard.

Je vois alors le visage de l'écrivain s'afficher en grand sur la devanture d'un kiosque à journaux, il pose en couverture d'un magazine branché et, tandis que je tourne la tête pour traverser une rue, j'aperçois l'écrivain attablé à la terrasse d'un café, scintillant de soleil, heureux, subjugué, étourdi de lui-même.

Il regarde son propre visage.

## LA MAISON
La réunion de fabrication
23 août 2009

Je n'en mène pas large devant Jean-Marc quand il me dit que l'on parlera de Maria après la réunion de 10 heures. Comme lorsque je n'osais frapper, enfant, à la porte de la salle des professeurs pour obtenir un renseignement, mur infranchissable, béton armé, ou devant ma mère, une permission de sortie.

Je me demande comment on va faire entrer vingt chaises dans ce salon. Il faudra s'entasser sur le canapé rouge, sans compter Jean Cayrol qui occupe tout un espace, avec son fauteuil en cuir.

Jean-Marc a sorti un compte rendu à jour. J'aimerais tout enregistrer mais le magnétophone a disparu. L'a-t-il subtilisé ? De toute façon, je ne suis pas sûre qu'on entendrait bien avec l'agitation et le bruit des chaises qu'on dispose autour de la grande table.

L'équipe s'installe au fur et à mesure, chacune amenant un thé ou un café. L'une d'entre nous a apporté un gâteau au citron qu'elle a cuisiné avec ses enfants. Nous en prenons une part sur des assiettes en carton. Rangés dans des armoires métalliques, des exemplaires de presse, des manuscrits, des archives nous entourent.

Rien ne filtrera, ce qui est confidentiel, chiffré, les livres secrets, sous embargo, filmés sous un blister opaque, comme les contrats, les titres ajoutés au programme. La discrétion nous protège, protège les auteurs, alors que tout se raconte et s'échange vite dans le milieu.

Nous sommes une vingtaine, stagiaires comprises, les bureaux seront désertés pendant une heure. Soixante minutes efficaces, rythmées, méthodiques.

Chacune a ouvert le compte rendu de fabrication et en tourne les pages au même rythme. Il ne sera pas seulement question de fabrication mais de tous les services de la maison.

Chacune prend la parole à tour de rôle.

Chacune est *la chaîne du livre.* Cette chaîne qui va du manuscrit au lecteur, passant par l'éditorial, la fabrication, le commercial, la presse, la diffusion, la distribution, les cessions de droits.

Cette chaîne nous relie aux correcteurs, compositeurs, maquettistes, illustrateurs, imprimeurs, journalistes, programmateurs de salons, libraires, jurés, lecteurs.

Tout le monde a sa place.

C'est une chaîne de création et de marchandise.

Comment marchander la création ?

Cette chaîne illustre la formule de Jean-Marc à la radio : *lire, publier, défendre, faire connaître,* car l'éditeur doit transmettre son enthousiasme, le relayer. Il ne peut rien seul.

Nous sommes la maison Stock. La maison qu'il semble avoir créée, comme si elle lui appartenait, comme si nous étions sans le Groupe, alors que certains services dépendent de lui – les ressources humaines, la comptabilité, la diffusion, la distribution.

Nous avons l'esprit maison.

Une maison, c'est attacher l'auteur à tous les services, c'est le mettre au centre du dispositif.

Jean-Marc est installé, jambes croisées, un peu de côté, comme si, à tout moment, il pouvait partir. Trois petits tours et puis s'en va.

Il pose ses lunettes sur le bout du nez.

Moi, je regarde chaque visage défroissé par l'été, si proche, familier, autour de cette table, chaque geste, je perçois les tempéraments, les attitudes, les états d'esprit, la versatilité de l'humeur, l'énergie collective.

Chacune suspendue à celle qui prend la parole.

Nous commençons par le palmarès des meilleures ventes de la semaine et les stocks. Jean-Marc lance des réimpressions, des couvertures d'avance pour gagner du temps, éviter toute rupture, en fonction de la demande, de la presse qui va paraître. Il agit à l'intuition, à l'expérience. Nous poursuivons avec les signatures en librairie, les festivals et les salons du livre, toutes les invitations, nombreuses et denses de l'automne. Les écrivains les plus sollicités se transformant en bateleurs, sillonnant la France, jusqu'à décembre, défaisant à peine leur valise, d'un train à l'autre, d'une chambre d'hôtel à l'autre. Nous notons dans nos agendas les dates des prix littéraires dont les premières listes seront annoncées courant septembre.

Nous abordons ensuite les ventes de droits à l'étranger, en clubs, en poche, les options, les contrats radiophoniques et audiovisuels – ces droits dérivés font vivre d'autres vies aux livres, rapportent de l'argent, pérennisent le catalogue.

De salon en foire de Francfort,

D'invitation en contrat,

Le livre essaime.

Le livre se sème.

Il se glisse dans la poche, se traduit dans une autre langue, conquiert un nouveau public. Les mots voyagent, se transportent, s'échangent, les mots s'adaptent, sont mis en lumière, deviennent spectacle, pièce de théâtre, film, dessin, les mots prennent forme, corps, dans d'autres bouches, multiplient les expériences.

Parfois, le livre demeure seul, dans sa première édition.

Le rêve, souvent, c'est qu'il ouvre aux possibles, aux rencontres, à l'ailleurs qui paraissait si loin de la solitude de l'écriture.

De là, nous remontons à la source : aux textes. Nous passons en revue chaque titre à paraître dans le détail. À quelle étape sont-ils ? Remis, décalés, corrigés ? Ont-ils leur quatrième, leur couverture ? Des essais circulent, on vote à main levée. Ce sont des ouvrages de toute couleur qui peupleront nos bibliothèques, les rangées des librairies, selon les collections littéraires ou d'essais ; il y a aussi les hors-collection, pour les documents politiques, les livres d'investigation, les (auto)biographies, avec leurs couvertures *one shot*. Tout un catalogue, un panorama, visiblement à gauche, une vision du monde, de la société, avec des collections transversales, qui sont le terreau de la pensée, vivifient le fonds, fertilisent le débat d'idées.

Créer du fonds, faire mémoire, faire pensée.

Quelle trace laisserons-nous ?

Quelle empreinte, alors que tant de livres auront vieilli, devenus obsolètes, comme les couleurs, les images, si ostensiblement liées à une époque ?

LA MAISON
La presse
23 août 2009

Avant de clore la réunion, les attachées de presse font le point sur les articles prévus, ceux qui devraient paraître, les retours de lecture, les obstacles, les retards... C'est une subtile alchimie consistant à attirer l'attention, à susciter l'intérêt, à relancer, à insister, sans agacer, à trouver la bonne porte d'entrée, à rassurer, à accompagner, d'un studio d'enregistrement aux coulisses d'une émission télévisée, à alerter sur le désarroi d'un écrivain.

Désamorcer les petites bombes de l'ego,

Ces vulnérabilités qui explosent de façon inattendue.

De ces années, où règnent la pesanteur ou la légèreté quand les chiffres sont catastrophiques, puis excellents, la méthode de Jean-Marc ne change jamais. Il faut s'adapter à chaque livre, à chaque auteur, à chaque situation, faire corps, faire maison.

LA MAISON
Avoir du nerf
23 août 2009

Ça rend Jean-Marc fou parce qu'on lui avait promis l'ouverture du *Monde des livres* pour un roman et qu'il est relégué en deuxième page, il crie sur le journaliste qu'on ne fait pas ça à un auteur, que sa désillusion va être terrible, sa déconvenue, sa colère transpercent les étages,

ça le rend fou, parce qu'un auteur n'a pas mis ses coordonnées, juste son nom, sur son manuscrit, et qu'il faut le retrouver absolument, par tous les moyens, même le pigeon voyageur,

ça le rend fou parce qu'on est en retard de cinq minutes,

ça le rend fou parce qu'on est en rupture de stock, que le livre s'emballe et qu'il n'y a pas assez de papier,

ça le rend fou parce que le téléphone sonne dans le vide et qu'il faut quelqu'un au bout du fil,

ça le rend fou une ou deux fois par an.

Le mobile japonais s'agite sous le vent qui entre par la fenêtre. Jean-Marc allume une cigarette.

– C'est bien, le manuscrit que tu m'as apporté. Vraiment bien.

C'est une première version, il faut qu'elle retravaille un peu. Organise un rendez-vous avec elle. Maria, c'est son nom ?

LA MAISON
La rentrée littéraire
24 août 2009

Croix rouge sur le planning.

Appeler les auteurs.
Envoyer un texto.
Faire signe.

LE MANUSCRIT
La relecture
Page 29

Crayon en main, je relis *Comme un rendez-vous*. Jean-Marc me l'a rendu avec quelques annotations. Il a barré le titre, qu'il n'aime pas. Il en a trouvé un autre dans cette page. Je rencontre Maria demain.

« Est-elle le chêne ou le roseau ? Est-elle celle qui ploie mais ne rompt pas ? Dans un exercice de composition, Maria doit expliquer le poème de Jean de La Fontaine. Elle a un problème avec ça.

Pourquoi faut-il expliquer la poésie ? Elle la sent, la comprend. L'éternité c'est la mer allée avec le ciel.

La poésie lui donne des frissons. Elle est une âme ailée.

Lorsqu'elle est en vacances, avec ses parents, au bord de la mer, elle s'allonge sur le sable, après avoir lu longtemps. Elle entend les vagues ressasser dans un bruit rassurant tandis qu'elle regarde le ciel bleu et nu. Parfois elle se promène sur le chemin des douaniers qui longe la côte, et c'est ce spectacle qui l'attend. Mer et ciel confondus. Impossible de voir la ligne d'horizon. Et toujours un éblouissement.

C'est ce que Rimbaud a écrit. Parfaitement. C'est ce qu'elle voit et qui la rassure.

Elle lit, elle est celle qui lit, et le sable s'immisce entre les pages, jusqu'à la région parisienne où elle retrouve les grains dispersés sur le tapis de sa chambre.

Minuscules traces d'infinis roulis océaniques sur les rochers. Est-elle le chêne ou le roseau ?

Les cahiers, les rédactions, les poèmes rejoindront tiroirs, puis malles. Ne seront plus ouverts. Mais gardés.

Toujours quand elle regarde un arbre, elle croit qu'il sait ses secrets.

Elle s'assoit sur un banc, et la magie opère dans le parc. Les feuilles bruissent, mêlées au ciel ou à la terre, à l'eau ou à l'air.

Ses pieds effleurent le sol. Elle est nettoyée. C'est comme si tout était un peu trop lourd. En regardant les chênes, elle se sent enracinée, et rêveuse à la fois, comme si les arbres la retenaient. Elle peut rêvasser des heures, s'inventer des vies et des héros, sans doute trop peureuse pour imaginer qu'elle est elle-même une héroïne. Qui n'a pas peur, à fouler pieds nus la terre, à sentir les feuilles crénelées machées à l'humus.

Elle a une grande facilité à imaginer. Dessine des visages et des arbres, avec des feutres multicolores. Les racines deviennent les veines du tronc, puis des branches, comme un arc-en-ciel.

Elle ne rêve pas de livres, une fois lues les histoires sont vraies, D'Artagnan a existé autant que le Prince

Éric, réalité ou fiction n'ont pas d'importance, et c'est cette frontière si mince qui parfois la met en dehors du jeu. Jeux de l'école, d'élastique, de balançoires, de ficelles, de billes, de cartes, de courses.

Les dessins animés l'hypnotisent. Les héroïnes ont de grands yeux clairs et de longs cheveux. Elle aime les dessiner et s'imaginer plonger dans leurs histoires.

Elle se sent décidément ailleurs, pas vraiment là, pas vraiment avec les autres. Ou alors c'est sa façon d'être au monde.

Ce qui la fait rêver c'est d'espérer.

Espérer que son grand-père lui parle au cimetière ou dans les bruits de la forêt.

Espérer être quelqu'un d'autre.

Espérer un monde différent.

Espérer être un écrivain.

L'extérieur est un danger, sa peau, cette pellicule entre deux mondes, se couvre d'acné, de verrues ou de piqûres à l'adolescence. Elle est souvent allergique, étouffée.

Quelque chose l'étouffe, et elle ne sait d'où vient l'asphyxie. Elle est comme un poisson hors de l'eau dont les branchies s'affolent. Elle a besoin d'eau et d'air, elle ne croit pas au ciel, et se prend les pieds sur terre.

Longtemps elle imaginait une forêt d'arbres pour faire les livres. Elle ignorait qu'on les faisait avec des chiffons ou de la pâte à bois.

La machine à écrire doit être à la campagne, rangée

dans une malle en osier, avec sa pendule d'enfant, sa collection de Schtroumpfs et autres figurines, ses vinyles des années 1980. »

## LA MAISON
Le premier rendez-vous
1$^{er}$ septembre 2009

Maria est assise en face de moi. Elle a pris corps et voix. Sa peau brunie, ses traits détendus, ses cheveux ondulés révèlent qu'elle revient de vacances. Après-demain, elle fait la rentrée des classes.

Son manuscrit est posé sur mon bureau. Il porte des annotations. Il est entre nous. Elle le regarde, me regarde.

Je ne sais rien d'elle mis à part la lettre accompagnant le texte.

Je sais que chaque parole a son importance. Un mot maladroit pourrait l'effrayer, la blesser.

Il faut écouter, le souffle, saisir l'expression des yeux, du visage.

Parler du manuscrit, c'est parler d'elle. Nous faisons connaissance à travers lui.

Elle perçoit si j'ai bien lu, d'une façon juste, qui lui plaît. Elle est attentive à tout. Elle retiendra chaque propos.

Je perçois si elle me comprend, si nous pouvons travailler ensemble. J'aimerais lui plaire. Je dois lui expliquer.

Je lui montre dans le détail les passages peu clairs, les redites, les ventres mous, le décorum inutile, les joliesses, les redondances, les *clichés*.

Je traque le superflu, ce qui masque ou éteint sa voix.

Nous sommes penchées sur chaque paragraphe, nous dialoguons ainsi.

Ou le texte dialogue avec nous.

Nous sommes trois.

– Ce que tu m'expliques, me dit Somany, réalisatrice pour France Culture, cherchant à saisir parfaitement le métier d'éditeur, ce que tu m'expliques, c'est que la vérité est celle du texte.

– Oui, on ne peut pas donner de talent à un auteur. On peut l'accompagner, le guider, l'aider, mais c'est lui l'écrivain. Il doit rester l'écrivain.

Vous vous mettez dans l'écriture de l'autre

Dans ses pas.

Vous tombez dans une voix, un style, un monde.

Qui me parle ? De quoi ? Quelle est cette voix que j'entends ? Quelle est sa note, sa respiration ? Est-elle sincère ou artificielle ? Me dit-elle quelque chose des autres ou de moi, éclairant des zones sombres où je ne m'aventure guère, est-elle voyage, mise en demeure, révélation, mystère, chemin. Que cherche-t-elle ? Se cherche-t-elle encore ? Où m'emmène-t-elle ?

Cette voix a ses adjectifs et ses adverbes, sa respiration et ses intonations.

Immergé dans une langue, une vision du monde, vous êtes amoureux de son immensité, de ses promesses, vous pressentez ce que l'auteur souhaite, au milieu de ses traverses, ses ronces, ses aveuglements, ses fausses routes, pour l'accompagner

Sans s'immiscer

Sans imposer

Jean-Marc fait partie des éditeurs qui font peu d'annotations, car, selon lui, aimer, c'est aimer les imperfections, surtout d'un premier roman. C'est un pari. Il n'écrit jamais une ligne à la place de l'auteur. C'est à elle, à lui, de choisir sa construction, son chemin, ça lui paraîtrait inconvenant de le faire à sa place. D'une seule remarque, il touche le cœur du texte. J'entre plus dans les sous-bois de l'écriture.

Il aime aussi l'idée que celles et ceux qu'il publie n'ont pas encore trouvé leur voix, leur note, et ne la trouveront pas trop tôt. C'est le pire qui puisse arriver : faire des gammes pendant vingt ans.

Je regarde ses livres, ceux qu'il a publiés, et je me demande quelle symphonie s'élèverait de cet assemblage hétéroclite, aux multiples variations, qui ressemble pourtant à nul autre que lui.

LA MAISON
La signature du contrat
1er septembre 2009

Tandis que Maria et moi poursuivons le travail survient un moment délicat, car il faudrait sacrifier une partie du texte, qui me semble une autre histoire, une histoire dans l'histoire, c'est-à-dire une vingtaine de pages.

Je lui explique avec précaution. C'est une intuition de ma part. Elle réfléchit et répond :

– J'avais senti ce problème, mais j'ai préféré ne pas changer. Je vais essayer de trouver une solution, le mieux sans doute est de retirer ce long passage.

Cette confiance-là,

Ce moment où le texte vous est confié et où il vous habite – il s'est logé en vous. Il est entré dans votre vie comme vous êtes entré en lui.

Lorsque nous avons fini, nous rejoignons le bureau de Jean-Marc. Maria s'installe en face de lui, ses cheveux longs ramassés en chignon, ses yeux clairs et attentifs. Sa voix grave me fait penser à celle de Françoise Dorléac.

Jean-Marc ne l'intimide pas. Son charisme la rassure, la discussion est sérieuse et légère.

Au bout de quelques minutes, où nous parlons d'elle, il lui dit :

– Il faut que nous voyions quelque chose ensemble. Le titre ne va pas, Capucine a dû vous l'expliquer. J'ai eu cette idée.

Il écrit quelque chose sur un petit carton et le lui tend – il adore trouver des titres. Maria déchiffre son écriture de mouche puis répond sans hésitation :

– Oui, c'est ça. C'est très bien.

Il demande à Anne-Marie d'apporter le contrat d'édition avec le titre à jour.

– Vous pouvez bien sûr le regarder tranquillement chez vous.

Maria le signe presque sans l'avoir lu.

*Celle qui lit* est ajouté au programme. La remise du texte définitif est prévue dans un mois, le bon à tirer sera donné vers la mi-mai. Il paraîtra pour la prochaine rentrée littéraire.

## LE CANAPÉ ROUGE
## Hiver 2013

Le salon sent le tabac brun, celui qui arrache les poumons. Jean-Marc ne fume plus pourtant. Je vois un petit verre d'alcool blanc sur la table basse. J'ai repris ma place comme si de rien n'était, le canapé me paraît plus petit.

J'ai racheté un magnétophone et je l'ai posé près du verre, au moins, c'est clair. Jean-Marc le regarde comme un insecte.

Un bonzaï est apparu, le cadeau d'une autrice.

– J'aurais préféré un cactus, rigole-t-il.

– Tu as parfois été déçu de la rencontre, après avoir lu un manuscrit ?

– Le premier rendez-vous, c'est un peu un rendez-vous amoureux. Tu as peur de ne pas plaire à l'autre ou que l'autre ne te plaise pas. C'est bien d'avoir ce trac-là. Je ne pourrais pas travailler avec un garçon ou une fille que je n'aime pas. Ça m'est arrivé, bien sûr. Ou alors on se déçoit, et il vaut mieux arrêter là. Je n'ai jamais aimé être quitté.

– Ton premier rendez-vous d'éditeur, tu t'en souviens ?

Un chat noir se frotte à ses jambes – je ne l'ai jamais vu. Il s'échappe tandis que je cherche à le caresser.

– Je travaillais pour Julliard. L'écrivain m'attendait dans un café, il a été surpris lorsqu'il m'a vu, j'avais vingt ans, lui trente. C'était son premier roman. On ne s'est jamais quittés, on s'est plu tout de suite.

Il prend une voix chantante qui fait penser à Melina Mercouri, au Pirée et à l'ouzo, et roule du papier à cigarettes brun entre ses doigts.

L'écrivain s'appelle Vassilis Alexakis. Il sera publié par un jeune homme au nom américain, au physique d'Italien, lui le Grec, qui a fui la dictature des colonels et écrit en français. *Le Sandwich* paraîtra sous la couverture blanche à liseré vert inventée par le graphiste Marcel Jacno pour les Éditions Julliard.

L'écrivain a trouvé avec qui récidiver.

Durant quarante ans ils ne se quittent pas. Font quatorze livres ensemble.

En 2007, Vassilis Alexakis reçoit le Grand Prix du Roman de l'Académie française pour *Ap. J.-C.* La veille, Jean-Marc a mis un cierge dans l'église de Saint-Germain-des-Prés. C'est un geste incongru pour lui, l'athée, un geste de superstitieux. Après l'annonce, il va cacher ses yeux humides aux toilettes.

Et y reste un long moment.

VOCATIONS
Faire une œuvre
1969

– Il y a deux sortes de personnes qui écrivent : celles qui font une œuvre, c'est-à-dire qui sont continuellement en apprentissage de la vie, et deuxièmement celles qui écrivent des livres, explique Jean Cayrol à Pierre Dumayet dans *Vocations*.

*(Sa voix a une force de persuasion, il vibre de l'intérieur, habité par sa pensée.)*

Celui qui écrit des livres travaille pour un public donné, est un conteur, raconte des histoires, fait honnêtement son métier, et en même temps peut avoir un grand public ; celui qui écrit une œuvre souvent n'a pas son public, il l'aura plus tard ou jamais, et puis en même temps il y a des échecs, car, comme sa vie elle-même où il y a des échecs, des non-réussites, c'est exactement pareil pour le livre, il suit, c'est parallèle, c'est mélangé, ça ne forme qu'un tout, c'est un alliage, je ne dirais pas une alliance mais un alliage.

L'acte d'écrire est un *acte monstrueux*, c'est un acte d'égoïsme pur je pense.

Il ne faut pas croire qu'on veut porter un message, qu'on veut dire des choses, non ça ce n'est pas vrai, il faut être très sérieux là-dedans, il faut dire que c'est pour soi-même qu'on écrit, il y a un autre, oui, il y a toujours un autre, il n'y a pas des autres, il y a un autre, c'est peut-être soi-même tout le temps.

Qu'est-ce que c'est qu'écrire, c'est refaire continuellement le même livre, c'est raturer.

C'est pour soi-même qu'on écrit.

Qu'est-ce que c'est qu'éditer, c'est prendre la défense de ce qui est *monstrueux* et permettre au messager de délivrer ses présages ?

Est-ce pour soi-même qu'on édite ?

## LE CANAPÉ ROUGE
Hiver 2013

Dans les yeux de Jean-Marc parcourant ses livres, ce n'est pas la Garonne de Jean Cayrol, plutôt la Méditerranée et le ciel gris de Paris. Peut-être l'Atlantique aussi qui l'a séparé de son père américain.

– Tu sais, je n'ai pas découvert grand monde, je n'ai pas découvert tant de nouveaux auteurs que ça. J'ai surtout été l'éditeur de deuxièmes romans, d'auteurs malheureux chez leur éditeur, là oui, j'ai eu une certaine réussite. J'ai été là au bon moment, j'ai su les imposer.

Je ne réponds rien. Il exprime un regret, profond, sincère, presque douloureux.

Il pense à Christine Angot, Nina Bouraoui, Philippe Claudel, Éric Reinhardt, Luc Lang, Jean-Louis Fournier, François Taillandier, Éric Faye, Jean-Marc Parisis, Marc Weitzmann, Laurence Tardieu, Michel del Castillo, Erik Orsenna, Didier Decoin, entre autres.

Bien sûr, ce n'est pas tout à fait vrai.

Il a découvert Vassilis Alexakis, Brigitte Giraud,

Aurélie Filippetti, Colombe Schneck, François-Guillaume Lorrain, Nan Aurousseau, Blandine Le Callet, Justine Augier, Isabelle Jarry, Christian Authier, Adélaïde de Clermont-Tonnerre, Boris Razon, entre autres.

Il y a tant d'éditeurs qui s'arrogent les découvertes d'autrui, comme s'il n'y avait eu personne avant, tant d'égos dans ce milieu littéraire. Il n'en revient pas mais il est revenu de beaucoup de choses. Il est bien moins naïf que moi.

Je doute parfois de sa façon de désamorcer toute critique depuis son plus jeune âge en les prenant à son compte.

Il dit qu'il est meilleur éditeur qu'écrivain, qu'il fait des livres mineurs, légers, fins comme des galettes, mais je ne le crois pas complètement. Je ne crois pas à cette version. Je décèle ses réactions quand il me fait lire ses propres manuscrits. Ça tremble en lui. Il attend fébrilement chaque retour.

Les premières fois, je lui dis que tout est bien, après j'ose davantage faire une remarque, suggérer un changement, mais je devine qu'il ne touchera pas une virgule à son texte. Il a tout ficelé, tout pensé, tout pesé. Je vois à une légère tension qu'il est à nu. Il n'arrive pas à se protéger d'être un écrivain.

Ou alors est-ce parce que je ne crois pas à cette histoire, l'histoire qui est que tu préfères te marquer plutôt que laisser ça aux autres.

J'ai compris de toute façon que tu garderais la main sur ton récit et que tu résisterais.

LA MAISON
Affaires de cinéma
4 octobre 2009

Le radiateur électrique chauffe à peine. Une bougie exhale un parfum de fleur d'oranger. Au début de l'automne, les signatures et les salons du livre s'enchaînent, tout comme les événements littéraires, les listes des prix se resserrent, quelques livres surprennent. L'inquiétude, les déceptions grandissent. *La rentrée, c'est violent,* disent les auteurs. Le pire : le silence, l'invisibilité. Et pour ceux qui obtiennent des louanges, ce sera peut-être la désillusion des prix.

Impossible d'être en dehors de ça. Dans une tour d'ivoire. De faire semblant. De ne pas se comparer. C'est une chance, pourtant, cette place si grande accordée à la littérature.

Je passe devant le grand bureau. Jean-Marc écrit sur un petit carnet son prochain roman, très discrètement. Il n'en parle pas dans ces moments-là. Même pendant la promotion, il dit peu, tient à distance son angoisse.

Je vois bien qu'il doute de chaque compliment, de chaque critique positive. Est-ce qu'on a vraiment aimé son livre ? Est-ce qu'on veut lui faire plaisir ? C'est le problème aussi de savoir comment ça marche plus que n'importe qui.

Dehors le cerisier tremble dans le vent. Les mains chauffées par une énième tasse de thé, le visage penché sur la nouvelle version de *Celle qui lit*. Lorsque j'ai fini, j'appelle Maria :

– Je crois que c'est là.

L'automne a surgi, le pourpre envahit le parc. Une pluie gibouleuse m'accueille lorsque je sors.

Je m'engouffre en courant dans le métro, les gouttes venant tremper l'encre d'un manuscrit. Les cheveux mouillés, je rejoins une projection de film au Panthéon, la chance d'être avalée par l'écran, enfoncée dans le siège moelleux et enveloppée par l'obscurité de la salle.

C'est une poursuite effrénée, une chasse à l'homme dans le port de Bordeaux. Michel Piccoli court dans un dédale d'enchevêtrements, haletant, à bout de force, la meute à ses trousses, il tente de s'échapper, dans la lumière crue, il se fait rattraper, embroché par un couteau, il rampe, traînant son corps épuisé, arrêté soudain par des barbelés, le visage tendu vers l'horizon, les bateaux, le port de l'autre côté. C'est le coup de grâce, l'homme a trahi pendant la guerre et a changé son visage pour ne pas être reconnu. Sa voix l'a dénoncé.

*Le Coup de grâce* est un film en noir et blanc réalisé par Jean Cayrol et Claude Durand en 1964.

En 1981, Michel Piccoli n'est plus l'homme à abattre. Il devient l'inquiétant Bertrand Malair, un personnage trouble et manipulateur. Homme d'affaires rachetant un grand magasin, qui rappelle lointainement ceux que dirigeait le père américain, il donne un visage et une voix de fiction à l'éphémère et puissant patron de Jean-Marc chez Julliard, le successeur de Marcel Jullian, Bernard de Fallois. Un patriarche discret et puissant.

Gérard Lanvin joue Louis Coline, un jeune employé. C'est Jean-Marc.

Nathalie Baye interprète son épouse Nina.

Dans une scène, Bertrand Malair interroge Louis Coline sur son père. Il a flairé la faille. Il s'immisce dangereusement dans sa vie privée. Le subordonne à son gré.

*Une étrange affaire* est un film en couleurs de Pierre Granier-Deferre, adapté du roman *Affaires étrangères*, qui reçut le prix Renaudot.

Rapport de force, abus de pouvoir, perversité et séduction s'y déploient. Le monde du travail, l'entreprise, les chaises musicales, les jeux d'influence, *la question humaine* intéressent Jean-Marc.

Le film obtient cinq nominations aux Césars, présidés cette année-là par Orson Welles. Les concurrents sont *Hôtel des Amériques* de Téchiné, *La Femme d'à côté* de Truffaut, *Coup de torchon* de Tavernier, *Garde à vue* de Miller, *La Guerre du feu* d'Annaud, *Les Uns et les Autres* de Lelouch, *Diva* de Beineix.

Réalisateur du *Train* avec Jean-Louis Trintignant et Romy Schneider et du *Chat* avec Jean Gabin et Simone Signoret, Pierre Granier-Deferre vient de remporter le prix Louis-Delluc. Durant la soirée, Nathalie Baye se lève gracieusement pour recevoir le César de la meilleure actrice dans un second rôle, sous les yeux, aux premiers rangs, de Jeanne Moreau, Catherine Deneuve, Yves Montand, Simone Signoret, Gérard Depardieu, Isabelle Adjani et Patrick Dewaere.

Sur scène, Thierry Le Luron imite férocement le président François Mitterrand, dents sorties, lèvres frémissantes et paupières battantes. Dans ces années d'avant sida, où les vedettes font rêver, on rit franchement, la salle est bondée, agitée, remuante.

Jean-Marc a vu l'humoriste débuter à l'époque des cabarets de Peggy.

Il est assis dans la salle, à côté de son ami Christopher Frank, tous deux nommés comme scénaristes du film.

Lui qui rêvait d'être réalisateur, collectionnait les critiques de cinéma, séchait les cours pour s'enfermer dans des salles obscures, j'aimerais trouver une image de lui au milieu de ce monde-là.

Dans ces années de cinéma suivront *Que les gros salaires lèvent le doigt !*, *L'Ami de Vincent*, *Cours privé*, filmés par Pierre Granier-Deferre et son fils Denys, *Faux et Usage de faux* de Laurent Heynemann, joués par une génération dorée, celle des Michel Piccoli, Jean Rochefort,

Philippe Noiret, Jean Poiret, Françoise Fabian, rejoints par la nouvelle génération, Daniel Auteuil, Nathalie Baye, Fanny Cottençon, Gérard Lanvin, Marie-France Pisier, Robin Renucci.

Jean-Marc y apparaît parfois en joueur de poker. Il aurait pu être acteur dans un film de Claude Sautet, *Vincent, François, Paul… et les autres*, ou dans un film italien, *Nous nous sommes tant aimés* d'Ettore Scola.

## LA MAISON
## Les petits papiers des prix
## 11 octobre 2009

Jean-Marc a aligné sur son bureau une série de petits papiers. Un papier par grand prix littéraire d'automne : Académie française, Goncourt, Renaudot, Femina, Interallié, avec les noms des jurés et leurs possibles votes.

Il a commencé bien avant l'été, cherchant quel livre pourrait plaire à tel juré – il suffit d'un enthousiasme pour allumer la mèche. Il a intensifié à la rentrée, par des coups de fil souvent matinaux, sentimentaux. Il a sondé. Il a ses taupes dans les jurys, ses alliés dans d'autres maisons. C'est une affaire d'amitié, d'intérêt, de connivence, d'affectivité. On ne gagne jamais tout seul. Cette année, il a réussi à placer trois livres sur les premières listes. Chaque liste constitue une étape qui rebat les cartes ; les deuxièmes listes n'en ont gardé que deux. Il espère un finaliste.

Il compte et recompte, simulant tous les scénarios possibles : qui va jouer qui ? avec qui s'associer ? Tu fais voter pour moi, je fais voter pour toi. Gagnant-gagnant.

En joueur de poker, il projette à long terme : si tel livre (donc tel éditeur) emporte tel prix, cela laisse une voie sur tel autre prix. C'est un jeu de dominos, subtil, complexe, avec sa part d'inconnues. Il faut manier tous les arcanes du milieu littéraire, les loyautés, les amitiés, les renvois d'ascenseur, les *bâtons merdeux* qui font croire qu'ils voteront pour lui. Il n'a plus les moyens de s'allier des jurés à coups de préfaces et de contrats, ça ne l'intéresse pas d'ailleurs, tout comme les manuscrits que certains veulent voir publiés en monnaie d'échange de leur vote.

Bien sûr, d'autres agissent. Longtemps, il y eut le redoutable Yves Berger chez Grasset, grand manitou des prix, parfait stratège éditorial, et Bernard de Fallois, son meilleur ennemi.

Les auteurs connaissent son implication. Ils savent qu'ils devront leur victoire aux cheveux qu'il y laissera, à ses nuits blanches, à ses coups de fil répétés. Il les décharge d'avoir du réseau, des sympathies. Il s'occupe de ça.

Tout se jouera là, car la maison ne publie pas de best-sellers estivaux, mais des romans d'automne ou d'hiver. Le salut vient toujours de la littérature, de deux ou trois titres qui sauvent tout le reste : l'année, les premiers romans, les œuvres confidentielles, les essais pointus, les salaires. Les prix, ça fait vendre, et ça allège tout. Ça rend joyeux.

Jean-Marc compte et recompte ses petits papiers, parfois trahi par les jeux de pouvoir, d'alliance, souvent récompensé. La plupart du temps, il ne s'en sort pas mal. Chaque année, il obtient quelque chose. Puis tout sera à rejouer.

Ça ne lui fait jamais peur.

Il paraît bon perdant, capable de bravache, débarquant à une soirée au bras d'une finaliste malheureuse, en criant : Voici les perdants.

Ne pas passer pour un loser. Flamboyer.

Montrer que la vie importe plus que ça.

Faire croire que le jeu importe plus que le résultat.

Mais je le vois défait, très profondément, quand ça ne marche pas, quand le compte n'y est pas.

LE MANUSCRIT
Résister
Page 40

« Le vent souffle, tu es face à la mer, tu ne bouges pas, tu plies, tu ploies, tu ne casses pas, le chêne et le roseau, la pluie tombe sur ton cou, mouille ta nuque, ton front, tes mains, goutte le long de tes membres jusqu'à tes pieds embourbés, tu gardes les yeux ouverts, l'air siffle, s'engouffre dans tes habits, gonfle ton torse, tu trembles Maria

chaque jour le vent voûte ton dos, tu prends le sens de l'herbe et des arbres sur les falaises, tu es cette fille-là, tu veux plus que tout être cette fille-là, qui résiste, tu veux être vivante et solide, mouvante et végétale, tu veux être le moins volatile possible, tu l'as bien compris, tu voles on t'attaque on te rattrape on t'écrase, il faut résister, tu aimes l'idée de résilience, la résistance biologique, tu es un écosystème qui s'adapte aux événements, une survivante, la plaine est brûlée, la terre est de cendres, mais toi, peu à peu, année après année, pousse après pousse tu gagnes sur le feu, tu reverdis, tu bourgeonnes, tu te répands, tu renais car tu n'es jamais morte, c'est ça ta force, on te croit écrasée, disparue, on te fait toucher le fond, on croit que tu vas y rester, mais tu remontes, toujours, tu remontes à la surface, ils vont voir ce qu'ils vont voir, tu as sept vies, comme les chats, tu es indestructible. »

## LE CANAPÉ ROUGE
Hiver 2013

Le soleil tape le coin du canapé rouge et le bonzaï qu'on lui a offert. Je vois déjà les minuscules feuilles jaunir dangereusement. Pourtant, ciseaux en main, Jean-Marc essaie de rattraper le désastre.

– Je l'avais jeté à la poubelle, mais elle va croire que ça porte malheur à son manuscrit. Je lui dirai que le chat a pissé dessus.

Jean-Marc me demande :

– Tu écris en ce moment ? *(silence)* Tu sais que je t'attends.

C'est vrai que j'ai arrêté. Je doute d'y arriver à nouveau.

Il enchaîne.

– Je n'ai pas envie qu'on parle de moi... Au fond, ça ne m'intéresse pas beaucoup. Ou alors pour parler des autres. J'ai envie qu'on parle de soi, j'aime entrer chez les autres par effraction, dans leur intimité, leur tête. C'est comme marcher dans la rue de nuit et apercevoir tous ces salons éclairés, ces télés allumées, ces repas servis, deviner toutes ces vies, imaginer toutes ces histoires, c'est comme si on pouvait regarder par une fenêtre ou une lucarne, à travers la vitre. On entre dans la vie de quelqu'un, dans sa folie... C'est ça un livre, on voit par la fenêtre, c'est très excitant, c'est inattendu. Ça scelle un secret entre le lecteur et l'auteur. On m'y invite et j'ignore ce que je vais voir. Puis ce que je vois me plaît. J'aime que ce soit différent à chaque fois. Personne n'a le même décor, exactement, la même vaisselle, les mêmes tapis. Quand j'aime, je ne cesse de penser à ce que j'ai lu. C'est une obsession.

Je suis étonnée par son débit. Je note OBSESSION et une question : Combien ?

Combien de manuscrits lus, combien de mots avalés, combien de pages tournées, combien de contrats signés, combien de livres édités, combien de temps gagné au temps qui file, qui vieillit, pris sur le temps de l'écriture, combien de paris, combien de coups ? Combien de maux de ventre et d'insomnies ? Combien de livres événements ? Combien de prix littéraires ?

– Au final, c'est toujours la littérature qui gagne, dit-il en jetant définitivement le bonzaï dans un sac-poubelle.

LES ANNÉES FAYARD
Le monde est bleu comme toi
1995

Il y a toujours de la musique avec Jean-Marc. À la radio tourne cette année-là *Pour que tu m'aimes encore* de Céline Dion.

Tiens, celle-ci a un air de chanson italienne, sucrée, parfaite pour l'été, pleine d'amour tonitruant. Un air de cette Italie qu'il respirait l'été en Calabre, en famille, les pieds nus, asséchés par le sel et le soleil.

Les pieds nus dans ses mocassins, il y a quelques grains de sable sur la moquette bleue de son bureau. Dans l'air s'élèvent les notes de *Volare*, le succès de Domenico Modugno.

*Penso che un sogno così non ritorni mai più*
Je pense qu'un tel rêve ne reviendra jamais
*Mi dipingevo le mani e la faccia di blu*
J'ai peint mes mains et mon visage bleu
*Poi d'improvviso venivo dal vento rapito*
Puis, tout à coup, j'ai été ravagé par le vent

*E incominciavo a volare nel cielo infinito*
Et j'ai commencé à voler dans le ciel infini
*Volare*
Voler
*Cantare*
Chanter
*Nel blu dipinto di blu*
Bleu peint dans le bleu
*Felice di stare lassù*
Heureux d'être là-bas

Jean-Marc a trouvé sa couleur depuis qu'il a créé sa série.

La liberté, la liberté de peindre le monde en bleu, la liberté de ne demander son avis à personne.

Jean-Marc est l'homme en bleu.

La couleur qu'il porte presque tous les jours : éternels blue-jeans et chemise

Ses yeux bleus

Allez les bleus, lui l'amateur de football

Le bleu de l'océan, la Méditerranée, les vacances en Calabre, les casinos de bord de mer

Le nain bleu, le fameux magasin de jouets pour enfants

Le cyan, l'une des couleurs primaires de l'imprimerie

Les bleus, les débutants, parce qu'il aime donner sa chance

Les bleus qu'il prend et encaisse, car dans sa famille on marque mal, écrit-il

Et un jour il est du bleu d'une carte de couverture *key color*, un bleu nuit teinté dans la masse, sobre, austère, dont on pense qu'elle ne fonctionnera jamais dans les librairies des grandes surfaces, car pas assez lisible et anticommerciale. Elle s'oppose au tapage des titres, de la couleur, à l'omniprésence des images.

Voilà comment la littérature parfois entre par effraction jusque dans les supermarchés.

## LA BLEUE EN LIBRAIRIE
## 1998-2004

Je me souviens du jour où, dans une librairie, je suis aspirée par des volumes à la couverture bleu foncé placés en hauteur sur une étagère. *Sujet Angot* de Christine Angot, *L'Âge blessé* de Nina Bouraoui, *Mille six cents ventres* de Luc Lang. Je caresse le papier brut. C'est à la fois doux et rugueux. Instinctivement, je sais qu'il s'agit d'une littérature « sauvage », radicalement différente. J'ai vingt-trois ans.

J'écris depuis l'enfance. Je n'imagine pas être publiée un jour par celui qui est derrière tout ça, ni être éditrice. Je ne sais pas ce qu'est ce métier. Il faut le faire pour savoir. Ce monde-là paraît inaccessible.

Maria se souvient aussi du jour où elle a lu ces livres-là. Elle me raconte sa découverte des *Âmes grises* de Philippe Claudel et des *Derniers jours de la classe ouvrière* d'Aurélie Filippetti, et comment au Salon du livre de Paris elle n'avait pas osé leur demander une dédicace. Elle a envoyé son manuscrit pour ce bleu-là, l'esprit d'une maison vivace, l'espoir d'y voir son nom.

## LE CANAPÉ ROUGE
## Hiver 2013

Je pensais que Jean-Marc gardait peu, mais, outre tous les exemplaires, il a conservé les critiques de ses livres, tous les articles qui lui étaient consacrés, dans plusieurs grands cartons. Est-ce que Peggy faisait ça, répertorier les apparitions de son fils, collectionner les papiers ? Je me demande si les autres pièces ne sont pas factices et s'il ne s'agit pas d'un appartement témoin. Après tout, j'ignore ce qu'il y a derrière les autres portes.

C'est bien cloisonné chez lui. Que me donne-t-il à voir ?

Je regarde fascinée les cartons et une affiche qui a surgi sur le mur du salon. On peut dire que Jean-Marc mouille sa chemise pour la Bleue. Il apparaît sur un poster promotionnel, son visage, en grand, est encadré de celui des auteurs qu'il édite : Vassilis Alexakis, François-Guillaume Lorrain, Dominique Muller et Mona Thomas. Elle ressemble à une affiche de cinéma : il utilise son nom, son regard, comme un acteur pour promouvoir « sa » littérature.

Jean-Marc Roberts présente
Les premiers romanciers de sa nouvelle collection
chez Fayard
Première rentrée août 1995

Cette affiche me donne une idée. Qui jouerait son rôle au cinéma ? Qui interpréterait Jean Cayrol, l'Empereur Claude Durand, le légendaire Jean-Claude Fasquelle, le rusé Bernard de Fallois, l'ogresse Françoise Verny, la singulière Élisabeth Gille, le joueur André Balland ? Jean-Marc, le plus jeune de tous ? Louis Garrel, peut-être ; ou François Cluzet.

Charles Denner aurait pu le jouer, c'est certain. D'écrivain, il serait devenu éditeur. L'écrivain, c'est Bertrand Morane qui envoie son manuscrit à quatre grands éditeurs parisiens. Seule Geneviève Bigey sent qu'il y a quelque chose à faire et l'impose, malgré les réticences, de façon extrêmement convaincante. Elle a cette autorité.

Quelques jours après, l'éditrice accueille Morane, élégante, pétillante et chic, dans un bureau spacieux et moelleux, plein de livres et de tentures. C'est elle qui rebaptise son manuscrit *Le Cavaleur* en *L'Homme qui aimait les femmes*.

Ces scènes sonnent très juste dans le scénario de François Truffaut, Suzanne Schiffman et Michel Fermaud, et dans les personnages interprétés par Charles Denner et Brigitte Fossey. Tout se joue dans leur rencontre, et dans les mots de Geneviève Bigey. Des mots d'éditrice :

« Le livre a été aimé à l'unanimité, enfin presque », « Je veux le meilleur pour vous ».

La plupart des films ne savent pas filmer l'éditeur, ils filment la bourgeoisie, ils passent à côté de ce qui n'est pas cinématographique, photogénique : la lecture, la confidence, la confiance, les heures silencieuses, laborieuses, la plongée au cœur de la trame du texte, dans un temps suspendu.

## LA MAISON
## Le Groupe
## 17 octobre 2009

En bas de la rue de Fleurus, un taxi attend Jean-Marc afin qu'il rejoigne la réunion mensuelle de Hachette rassemblant tous les patrons des maisons de la branche littérature (Calmann-Lévy, Fayard, Grasset, Stock), rachetées au fil des décennies. Il doit rendre des comptes, il a la trouille, comme si on allait le démasquer, comme s'il ne serait jamais des leurs, ça ne passe pas avec les années. Sa mallette en cuir, ses mocassins, son duffle-coat. Et son drôle d'air.

Il a pourtant réussi son pari : redresser les Éditions Stock, une maison qui périclitait, stopper les pertes, atteindre l'équilibre, puis faire des bénéfices. Enraciner la littérature française. Accueillir de nouvelles collections d'essais, des livres sur la frontière, dirigés par François Azouvi, Anne Dufourmantelle, Nicole Lapierre. Perpétuer La Cosmopolite, la collection étrangère qui abrite Virginia Woolf, Yasushi Inoué, Raymond Carver, Carson McCullers, Joyce Carol Oates, et que les pertes financières menaçaient d'arrêter. Publier des documents qui font l'actualité. Mettre de l'ordre, de la diversité, créer une identité, des couvertures enviables, changer la vibration de la maison. La rendre *désirable*.

De l'ancienne équipe, il ne reste que trois salariées. Il s'est séparé, il a viré et embauché.

On l'a laissé faire. On lui a accordé du temps, la liberté totale sur son programme.

Comme tout éditeur, il bâtit son budget avec des paris, des manuscrits qu'il n'a pas encore lus, à l'état d'ébauche ou de promesse. Ce n'est pas l'époque des surveillances, des mainmises éditoriales, des contrôles de gestionnaires, il publie ce qu'il veut.

Appartenant au même groupe, Jean-Marc et Claude Durand sont des éditeurs viscéralement attachés à leur indépendance, à leur liberté, s'accommodant d'une grande entité, aux reins solides, faisant de la maison d'édition qu'ils dirigent leur maison, des mercenaires qui ne risquent pas leur argent mais celui des actionnaires, et qui savent que l'édition est un métier de joueur. Ils aiment être infréquentables. Ils adorent énerver les autres. Ils savent quand ils ont la main, font des coups et en reçoivent.

Paul Otchakovsky-Laurens, lui, a fondé sa maison, il s'est risqué financièrement. C'est un péril bien plus grand, la peur de tout perdre l'année où les ventes sont fragiles, devoir sauver le catalogue, les auteurs, les employés.

Il a peu de salariés. Jean-Marc en a près d'une vingtaine. Claude Durand une quarantaine.

Les ventes, ça assure de continuer coûte que coûte.

Chez Jean-Marc demeure la peur de l'échec, la peur d'avoir entraîné tout le monde dans une impasse.

Heureusement il a quelque chose pour lui.

Il n'est pas seul.

Et c'est aussi parce qu'il n'est pas seul qu'il veut gagner.

## LE MIRACLE SE PRODUIT PAR HASARD

*Drôle d'époque*

Août 2002

– Jean-Marc Roberts, vous avez créé la Bleue chez Fayard, puis vous l'avez emmenée avec vous chez Stock. Pourquoi avez-vous accepté de diriger cette maison d'édition fin 1998 ?

– Pour avoir la paix et publier ce que je voulais. On n'aimait pas ce que je proposais, ce n'était pas formaté, trop pointu parfois. Avoir cette autorité, cette liberté d'appeler un inconnu et lui dire, j'ai aimé le manuscrit et je veux le publier, c'est formidable. Je fais ce métier pour ça. J'ai passé d'emblée un accord à mon arrivée avec Hachette – parce que je ne voulais pas de cette maison, je n'avais pas demandé Stock, c'est Claude Durand qui me l'a proposé [*alors patron de Fayard et de Stock*] – je leur ai dit : « Ce n'est pas mon truc, je n'ai jamais été patron d'une maison, je pense que je n'y arriverai pas ; si je prends Stock, autorisez-moi des pertes pendant trois ans, j'essaierai de m'approcher de l'équilibre la quatrième année et d'être bénéficiaire la cinquième. » Ils ont accepté. Du coup, ça m'oblige (mais ça m'amuse aussi) à publier des livres dont je ne me serais jamais occupé, que je n'aurais jamais publiés ; qui j'espère ne sont jamais indignes, mais qui ne sont pas de la littérature.

Je me sens confortable dans une petite structure. L'avantage d'être adossé à un grand groupe, c'est que les auteurs sont correctement payés. J'ai toujours fait ce métier en me disant – peut-être parce que je suis moi-même auteur – que l'édition est aussi un mécénat et que si des auteurs de littérature qui ne font que ça, qui vivent de leur plume, n'ont pas d'à-valoir confortables, à quoi ça sert ? On publie effectivement des livres en pure perte pour permettre à des écrivains de travailler et un jour d'être bénéficiaires. Mais il faut savoir attendre : c'est le temps long de l'édition, de la création ; on n'est jamais sûrs de rien.

Certains auteurs sont mensualisés ; certains de ces livres se vendent à trente mille, d'autres à cinq mille. Mais il faut accepter qu'un écrivain, comme un cinéaste, n'ait pas d'obligation de résultat. Sinon, il faut arrêter ce métier. C'est leur permettre de vivre en construisant une œuvre, si c'est possible. Parfois on se trompe, on parie sur des auteurs qui ne font pas d'œuvre. Il faut accepter de se tromper… Le miracle se produit par hasard.

Je trouve qu'il serait très grave aujourd'hui qu'un auteur, en tant qu'auteur, ne s'inscrive pas dans l'époque. Je ne parle pas en tant qu'éditeur car un éditeur ne commande pas à des écrivains un type de livre. Quand un auteur me demande « Qu'est-ce que je dois faire ? », je réponds : rien ; « Qu'est-ce qu'on attend de moi ? », rien.

Un premier livre, neuf fois sur dix je n'y touche pas ; d'abord parce que je ne connais pas l'auteur. Il n'a pas confiance en moi ; je n'ai pas encore confiance en lui, donc je ne sais pas encore comment faire pour travailler. C'est un pari : il faut y aller.

Quand je vois trop d'éditeurs qui ne faisaient pas de littérature française en faire maintenant sans en avoir les moyens, moyens pas forcément financiers, mais moyens humains – il faut avoir des gens qui ont un goût, qui aiment ça. On ne s'enrichit pas comme éditeur de littérature française, qu'on soit patron ou pas.

## LE CANAPÉ ROUGE
Hiver 2013

Le canapé en velours me fait penser au rideau rouge d'un théâtre. C'est le canapé d'une commedia dell'arte, des prestidigitations, des tours de passe-passe.

Jean-Marc y apparaît, y disparaît,
Dans ce bleu qui s'agrandit et teinte tout,
Dans les coulisses des music-halls, des cabarets.

C'est sa mère Ada Lonati, Peggy, qui imite Marlene Dietrich et Louis Armstrong sur scène, fait la tournée des salles de spectacle, figure dans des films, prête sa voix pointue à des dessins animés, présente avec Jean-Marie Proslier des numéros à L'Olympia et introduit les vedettes de l'époque – Mireille Mathieu, Charles Aznavour, Joséphine Baker. Jean-Marc découvre, en première partie, acrobates, danseurs, humoristes, péteurs, connaît toutes les ouvreuses, suit Peggy chez les transformistes, ou attend son retour le rimmel coulé, la fatigue plaquée sur le visage. Elle rentre tard, il faut ôter le maquillage épais, les cils, le fond de teint, s'endormir avec la langue pâteuse, les verres d'alcool partagés après le spectacle, l'adrénaline qui redescend.

Métier de saltimbanque où l'on rêve de gloire, de paillettes.

Jean-Marc aime la prestidigitation, retourner les cartes.

Provoquer la chance, transformer l'insuccès en succès.

*Quand je serai K.O.*
*Descendu des plateaux d'phono,*
*Poussé en bas*
*Par des plus beaux, des plus forts que moi*
*Est-ce que tu m'aimeras encore,*
*Dans cette petite mort ?*

résonne l'ultra moderne solitaire Alain Souchon dans le salon.

De son enfance où sa mère court les cachets, aligne les numéros, attend que le téléphone sonne, les propositions, le désir des autres, où les débuts de célébrité la figent dans un rôle de soubrette, de bonne espagnole, où le succès lui tend les bras puis s'échappe, où il faut composer, jouer, forcément égoïste, forcément accrochée à son fils encombrant, et confident, cet enfant de divorcé avant l'heure, cet enfant italo-américain qui ne deviendra français qu'à vingt ans, qui choisit sa langue comme un paysage, un ancrage, une religion, Jean-Marc a une tendresse envers les losers, ceux et celles qui manquent de père.

Lui qui connaît les coulisses des cabarets et de L'Olympia, où se maquiller de faux semblants et se parer de toutes les plumes, les charmes, les ruses, les collants filés, les perruques, les strass, le trac, il déteste ceux qui se la racontent, se donnent le beau rôle.

Il offre un pourboire généreux aux serveurs, aux serveuses, aux placeurs des salles de spectacle, retient tout de suite les prénoms des stagiaires et des standardistes, les invite aux cocktails et aux fêtes, s'agace si un auteur préfère travailler sur son manuscrit dans le bar chic du Lutetia plutôt qu'au bureau, tolère peu les caprices, les geignards, les bons élèves, les mal élevés, les héritiers, ceux qui s'écoutent parler, les longs discours, les cravates et les costumes. Il se fie à la tête plutôt qu'aux *curriculum vitae*. Il met sa démission dans la balance pour une prime générale.

C'est en 1998 qu'il consacre enfin un livre à sa *petite femme*, sa mère, où il dit beaucoup, presque tout.

Un roman doit toujours contenir un secret.

## UN AUTRE MONDE
8 décembre 2001

Rue Princesse, près du marché Saint-Germain-des-Prés, le club privé Castel incarne encore la nuit parisienne, un certain sens de la fête et du show-biz.

Nous avons quartier libre jusqu'à minuit, comme un exutoire, pour fêter l'année, au-delà nous dansons sous les regards des habitués qui arrivent et s'installent à leur table réservée, commandent des magnums de champagne et nous trouvent risibles et mal fagotées, avec nos vêtements et parfums bon marché, pas assez apprêtées – ça se lit dans leurs yeux et leurs bouches qui parlent de nous, dans leur index qui désigne. Mais nous les trouvons tous assez pathétiques, leur fric, leur arrogance, leur laideur, on danse pour soi, pour la joie, la liberté, pas encore abreuvées, saoulées et désabusées, affranchies d'eux, de leur monde, auquel on ne rêve pas d'appartenir, ce monde qui nous veut perchées, maquillées, branchées, il y a eux, il y a nous, et il y a Jean-Marc qui connaît tout ça et qui soudain n'aime plus ce côté poisseux et s'éclipse, comme d'habitude.

Il y a nous, et je crois que Jean-Marc se sent armé. Ou est-ce lui qui nous arme ?

Quelque chose s'éteint dans ce monde. Un monde auquel Jean-Marc appartient depuis ses dix-huit ans, tout en demeurant franc-tireur, « atypique ». S'y amuse-t-il moins, ou quelque chose de l'enfance demeure-t-il à jamais ? – ça n'a jamais vraiment disparu – l'envers du décor, des paillettes d'or, ceux qui ont le pouvoir, la liberté et le prix à payer.

Moi non plus, ça ne disparaît pas. Mais si on veut nous faire manger la poussière, la poussière, on la recrache, on en fait un livre. On en publie.

LE MANUSCRIT
Elle veut les mots vivants
Page 57

« Maria est faite de tous les mots qu'on lui a dits, de tous les mots étouffés et tus, de tous les mots hérités, qui flèchent son ADN.

Les mots de son père.

Les mots de sa grand-mère.

Les mots de ses petits amis.

Elle cherche un sens à tout ça. Elle cherche par les mots eux-mêmes, en écrivant le plus possible. Pour l'instant, ce ne sont que des bribes, des débuts, des tentatives.

Un texte, ça se tisse et elle ignore de combien de pièces rapiécées elle est faite, elle confond les bouts de soi et des autres, elle étouffe d'empathie, de bonnes pensées mêlées à de la culpabilité. Elle essaie tous les genres, tous les styles, elle ne se trouve pas, comme un robot dont les piles déconnent, il lui manque la propulsion.

Elle reprend tout le temps les mêmes textes qu'elle réarrange légèrement, les classe dans des pochettes, dans des dossiers sur son ordinateur. Elle soigne la présentation, la police de caractères, l'interlignage, les marges, pour que ça ressemble à des livres.

Elle participe à des concours, refus et retour à l'envoyeur. En fait, elle n'essaie pas réellement et se résigne vite. Tout semble loin, inaccessible. Avec des codes qu'elle ne possède pas.

Elle est très cérébrale.

Parfois elle va danser et rentre l'haleine lourde, les pieds écrasés, la gorge asséchée par la fumée des cigarettes. Les brasseries parisiennes sont trop chères, sa génération est celle du Quick, du McDo, de la proche banlieue, de l'extinction de la gauche, des classes moyennes qu'on exténue, des centres commerciaux qui passent les James Bond, toute cette odeur de plastique, de moquette artificielle, tous ces néons qui vous écrasent, ces vitrines qui se succèdent, et ces foules qui piétinent. Elle recycle ses stylos, ses feuilles de papier, ses classeurs soigneusement à chaque rentrée. Il n'y a aucun manque, aucune satiété à avoir, elle se sent privilégiée, elle fait partie de la classe moyenne "moyenne"; elle n'est pas vraiment affamée.

Au fond, si, mais elle ne l'avoue pas. Pas de tentative, pas d'échec. On lui a appris à ne pas voir trop grand.

C'est dans l'eau froide et l'herbe, dans le bleu et le vert acidulé qu'elle dissout tout, d'être une baignoire qu'on remplit de toutes les pensées et émotions.

Elle n'écrit pas pour elle, elle écrit pour les autres, pour leur regard, leur admiration, qu'elle recherche, dont elle pense s'abreuver, elle tait sa sauvagerie.

À l'école, elle s'ennuie, elle n'aime pas comment on

parle des mots, on les étudie comme des insectes dans le formol. Elle les veut vivants ; pour elle.

Elle n'est pas assez vivante pour eux. »

## LE CANAPÉ ROUGE
## Hiver 2013

Jean-Marc a ouvert une bouteille de Bordeaux dans la cuisine pour fêter une trouvaille, un manuscrit surprise qu'il a reçu et qui va faire beaucoup de bruit, un premier roman épatant, *terriblement excitant*. La pièce est petite, lumineuse, sur cour, l'abat-jour se découpe sur l'immeuble d'en face. Il aime écrire ses livres dans des cuisines, au petit matin, dans des lieux où on peut le déranger.

Il recopie ses textes sur des petits carnets, qu'il remballe ensuite, place au travail, aux autres. Il écrit d'une écriture si fine, presque illisible. Ses manuscrits, ses lettres, ses mots, ses cartes griffonnées pour dire son admiration, tout cela se garde dans des boîtes, plus facilement que les textos.

J'ai recopié et imprimé les miens de peur qu'ils ne s'effacent.

On lit mieux sur papier.

L'écran focalise.

Parfois on parcourt les pages, et c'est comme si on lisait tout.

Nous voulons aller vite.

Ce jour-là, il prend son temps, lui qui n'a plus beaucoup de temps, je le sens.

Ce manuscrit le met en joie.

Il lui redonne du temps.

À LA MAISON
Hiver 2013

Je relis mes notes, tous ces fragments. Par où écrire ? Comment saisir l'insaisissable ?

J'ai l'impression d'entendre la voix de Jean-Marc :

Fais simple, ne complique pas, va à l'essentiel.

*Cut your darlings*.

Débarrasse-toi de ce qui te fait plaisir mais est inutile.

Ne disparais pas, mets-toi dedans davantage.

## LE CANAPÉ ROUGE
Hiver 2013

C'est moi qui apporte une bouteille de vin. Cette fois Jean-Marc n'est pas seul. Le canapé rouge a été déplacé vers le centre de la pièce pour un cocktail très joyeux organisé par Liliane. C'est elle la conservatrice de la Bleue. Il rassemble un monde fou et des invités très différents, de physique, de personnalité, de génération, pourtant un air de ressemblance les réunit. Quelque chose rend évidente leur présence dans cette pièce qui s'est agrandie d'un coup. Si je ne parviens pas à savoir pourquoi ils sont là, je comprends vite pour qui ils sont là. Pour Jean-Marc. Ce sont ses auteurs.

Je rembobine l'histoire. C'est une scène de film.

À la fin de l'automne 1998, Jean-Marc surgit dans son imperméable, ses Tod's, son jean, sa chemise bleue sans cravate, tel l'inspecteur Columbo, par la porte vitrée, comme expulsé par la nuit. L'équipe est alignée de part et d'autre de l'entrée pour l'accueillir. Il vient d'être nommé patron des Éditions Stock. Il salue tout le monde, puis demande rapidement : Où sont les stagiaires ? Comme il dirait : Où sont les enfants ? Les stagiaires attendent à l'arrière. Derrière lui, une petite femme. Liliane. J'aime tout de suite son visage et ses yeux ronds, des lacs d'azur.

Une semaine plus tard, il vient avec « ses » auteurs, ce que les journalistes appellent *écurie* mais qu'il nomme, à sa façon, une *famille d'écrivains*. Il y a alors tout à perdre, c'est la faillite, la déconfiture totale. La maison en sursis, toutes sortes de rumeurs bruissent dans les couloirs ou derrière les portes fermées. Heureusement, la série Bleue devient la pierre angulaire du nouvel édifice.

Pendant un temps, il y aura un curieux mélange des genres. Jean-Marc compose avec l'auteur des best-sellers *Money, Cash, Fortune* et le prêtre des loubards.

Ça m'émeut, cette série bleue qui déménage pour s'installer dans une maison en chantier, incertaine, fragile. Tous ces auteurs réunis dans le bureau de Liliane qui s'aventurent dans un lieu inconnu pour suivre leur éditeur, sans exception, protégés par lui, lui protégé par eux.

Jean-Marc est quelqu'un qui attache. Ils sont liés à lui.

Il n'est rien sans elles et eux.

Je les vois projetés sur l'un des murs blancs de l'appartement qui s'étire comme une toile de cinéma, accueillis par Liliane, à la nuit tombée, ils ont accompagné Jean-Marc dans cette nouvelle maison d'édition telle une petite armée joyeuse. Au début, ils l'entourent puis ils colonisent le couloir avec leur coupe de champagne. Cette maison est la leur.

Jean-Marc en est le gérant-directeur éditorial, il va devoir gérer tous les problèmes.

En janvier paraît *Il a jamais tué personne, mon papa* de Jean-Louis Fournier, un gros succès, signé avant lui, qui laisse un peu de temps. Suivront les premiers Bleue : *Croisière en mer des pluies* d'Éric Faye, *La Partie d'échecs indiens* de François Emmanuel, *Les Enveloppes* de François-Guillaume Lorrain, *L'Année dernière* de Bernard Chapuis, en attendant la première rentrée de sa maison. De quelques bleus par an, il va passer à plus d'une vingtaine.

– Tu sais pourquoi j'aime le mot maison ?

Jean-Marc n'a pas élevé la voix.

Maison

Demeure

Les mots sont des demeures

## PREMIÈRE RENTRÉE LITTÉRAIRE ÉPOQUE STOCK

*Les Echos*

Août 1999

« Record battu : 511 romans sont attendus d'ici la fin octobre. 334 français, 177 étrangers. On n'en avait compté "que" 488 l'an dernier. À ce chiffre inflationniste, il faut ajouter quelque 370 essais et documents, en librairie en même temps. Pauvres critiques ! Pauvres lecteurs, aussi, noyés dans le flot et, du coup, risquant l'overdose et le dégoût. Pauvres libraires, également, incapables de défaire tous leurs colis, d'exposer tous les titres. Pauvres éditeurs, aussi ? Pris dans la spirale d'une vertigineuse course à la trésorerie, on leur souhaite de ne pas connaître un jour l'effet boomerang... En tout état de cause, qui a dit que le règne de l'écrit était menacé ? En cette dernière rentrée avant l'an 2000, on n'a jamais autant publié. Alors, ne grognons pas. Mais essayons d'éviter la noyade...

Dans cette véritable inondation, en effet, comment choisir ? À chacun sa méthode : suivre les auteurs reconnus, parcourir la quatrième de couverture, prêter l'oreille aux rumeurs…

L'an dernier, dans le domaine français, on ne parlait que d'un livre : *Les Particules élémentaires*, de Michel Houellebecq. Une campagne extraordinairement bien orchestrée en avait fait "le" roman qu'il fallait avoir lu, sous peine de passer l'année idiot. Message entendu : l'ouvrage figure toujours sur la liste des best-sellers, au bout de quarante-sept semaines. Le mérite-t-il ? C'est un autre débat… Cette année, il y a quelques nouveaux "coups" dans l'air, un peu moins concertés sans doute. Ils concernent notamment deux jeunes romancières déjà cataloguées un peu sulfureuses, Christine Angot (*L'Inceste*, Stock) et Lorette Nobécourt (*Horsita*, Grasset). Dans le sillage toujours de cette "nouvelle génération" aux contours aussi flous que souvent invoqués par d'infatigables polémistes. Pourquoi pas, il faudra les lire… »

Cette rentrée 99, la première de la Bleue époque Stock, accueille *Le Cœur de Marguerite* de Vassilis Alexakis, *L'Inceste* de Christine Angot, *Le Jour du séisme* de Nina Bouraoui, *Nordeste* d'Éric Fottorino, *Nico* de Brigitte Giraud, *Le Jardin Yamata* d'Isabelle Jarry, le premier récit de Bernard Ruhaud, *La Première Vie*, *Anielka* de François Taillandier, ainsi que l'essai de Michel del Castillo, *Colette, une certaine France*, et remporte deux prix d'automne.

Dans les coulisses de *Bouillon de culture*, l'émission de Bernard Pivot, très prescriptrice, les écrivains, les attachées de presse et les éditeurs trinquent. Des coupes de champagne et des petits fours sont servis aux invités. Je suis adossée à un pilier et j'observe, Jean-Marc m'a retenue à la fin de mon stage, me proposant un contrat à durée déterminée. Je ne connais personne et personne ne me parle. Je sens les regards qui se posent et comparent, l'effet de caste – j'ignore ce qui est en jeu.

Christine Angot a explosé l'écran ce soir. Elle a pris le pouvoir, fait entendre ses mots tranchants devant les caméras. Elle dit toute la vérité. Elle ne cherche pas à être aimable. Elle fait peur.

Lorsqu'elle a présenté son livre aux commerciaux avant l'été, elle a lu un extrait avec une telle puissance, tout son corps en tension, chaque mot, chaque phrase chargé d'intensité, de percussions. Personne n'a vu ça. Selon un journaliste, Jean-Marc aurait dit, après le silence qui a accueilli cette lecture : « Ceux qui n'aimeront pas ce livre, je leur casserai la gueule. » Je ne m'en souviens pas, mais ça lui ressemble.

On lui reproche d'avoir orchestré le lancement de l'ouvrage, d'avoir fait un coup. Fait-on un coup avec un livre qui s'appelle *L'Inceste* ? Les émissions sont des pièges dans cette rentrée, les rires faciles et gras, la misogynie crasse. Les longues heures passées dans des loges où coule le champagne sont voulues pour la confidence, la provocation, le buzz.

La parole n'est pas écoutée.

Les mots sont tordus, déviés.

L'écrivain est sommé de s'expliquer, de se défendre.

Jean-Marc jette son verre à la figure d'un journaliste qui ment.

Les livres de Christine Angot se vendaient à cinq mille exemplaires. Après cette émission, les ventes explosent, le dossier de presse gonfle à vue d'œil.

Elle est entrée chez les gens par la littérature.

## L'ÉMISSION DE TÉLÉVISION
*Bouillon de culture*
3 septembre 1999

Je fais le tour du pilier et retrouve une éditrice que je connais. Son pull en cachemire exhale un parfum oriental entêtant. « Tu es *overdressed* », me souffle-t-elle avec un geste qui signifie « à côté de la plaque », désignant ma robe en soie violette et son cœur scintillant sur la poitrine. Je regarde son jean, ses baskets, je regarde autour de moi, tout le monde est habillé plus simplement, sans cravate ni talons hauts, une décontraction chic, c'est vrai. Je ne me dis pas qu'elle exagère, je me sens déplacée. J'ai honte de ma faute de goût, j'étais pourtant fière de ma tenue.

Je n'ai pas l'à-propos de me rappeler qu'elle vit dans une grande maison de la banlieue parisienne, à quelques pas du bois de Boulogne, que son jean et ses chaussures sont de marque, que ma robe est soldée. Ça s'incruste juste en moi.

Pourtant, en général, je n'en fais pas, des fautes de goût, je m'adapte. Mais pour s'habiller d'un rien, d'un chic, il faut avoir une extrême confiance en soi.

*J'aime les gens qui doutent*. Ce sont ceux que je préfère, que je comprends le mieux.

Jean-Marc est adossé à un mur, on vient à lui, on le salue, on lui parle d'un manuscrit, il y a toujours quelqu'un qui écrit, puis il disparaît.

Quelques mois plus tard, jeune éditrice, je m'assois à une table désignée par un maître d'hôtel, longiligne, nappée de blanc et dressée pour plusieurs plats, avec vaisselle en porcelaine de Gien et couverts en argent. Un homme en costume noir et ganté de blanc me présente un bar entier qu'il découpe devant moi, après m'avoir demandé le morceau que je souhaitais, et me sert en accompagnement des asperges sauvages, la pièce est un peu sombre, bas de plafond, les journalistes, écrivains et éditeurs, hommes et femmes, vieux et jeunes, conversent, ils ont l'habitude de se retrouver régulièrement, j'entends couler l'eau d'un bassin où fraient des carpes, c'est un bel immeuble particulier près du jardin du Luxembourg, qui comprend une cour, des bancs pour se reposer et des arbres pour rêver, des jonquilles piquées dans les pavés, une trouée vers le ciel parisien, ma chaise est collée contre le mur, je suis coincée et je n'entends pas les autres parler, cela m'empêche de me mêler aux conversations, je fais semblant, chaque invité est placé, son nom inscrit sur un carton blanc en lettrines élégantes, l'auteur a été installé à l'honneur, au milieu de la table, il vient de recevoir un prix littéraire, heureux il fait face aux jurés.

Lorsque je rentre, Jean-Marc est en rendez-vous. Il m'interpelle par un signe :

– C'était bien ?

Je ne sais pas si je dois lui dire comment ça s'est passé, lui parler de la secrétaire du prix en robe et chapeau aubergine, très snob, le genre de personne qu'il fuit, d'ailleurs cela l'ennuyait tellement qu'il n'est pas venu, elle en a été dépitée, m'a calée contre le mur, une place ajoutée de dernière minute, et a écrit sur un carton blanc à la main : *La personne qui accompagne l'auteur*.

Le monde éditorial parisien si ouvert au-dehors, aux littératures étrangères, aux expériences littéraires, aux échanges d'idées, a ce visage-là. Les dîners en petit comité, les *happy few*, les chausse-trappes, les rumeurs, les plans de table étudiés, les liens codifiés.

L'humiliation, c'est le pouvoir.

Quelque chose renvoie sans cesse à sa place, son rang.

Mais peut-être, je me dis ça maintenant, est-ce moi qui ne veux pas d'une place. Ça me dérange. Je me sens illégitime ?

À force, on se coule, on devient pareil.

Heureusement, je suis fascinée par la littérature que publie Jean-Marc – tous ces textes de *vive voix* qu'il me confie. Ces langues, leur brûlure, leur incandescence, leur liberté, m'inspirent, me colonisent. Me réchauffent.

LE MANUSCRIT
Les mots sont sa cape d'invisibilité
Page 69

« Maria a toujours été une petite fille sage, jouant avec ses poupées et ses Playmobil dans la solitude de sa chambre. Pas de bruit ni de cris, juste les dialogues inventés de ses comédies chuchotées, emplies de rêves grands et blancs, des rêves de princes et de westerns.

Elle se retrouve souvent enfant sur son lit, couette par terre, oreillers renversés, au centre du rectangle blanc, à l'affût, les jambes contre la poitrine, regardant partout, sa sœur passe une tête, toutes les lumières sont allumées, je ne dormirai pas, les bêtes sont sorties, il y a une araignée au-dessus de moi. Pourtant, c'est une bête minuscule. Elle l'observe accrochée au plafond, avec ses pattes longues et fines et sa tête d'épingle.

Elle prend son livre avec elle, elle est cette fillette qui a peur d'une minuscule bestiole, mais qui ne craint ni le loup ni la couleuvre ni la chauve-souris ni la souris, ni même l'abeille, qui peut même être brave.

Le livre est son radeau de la méduse.

Les mots sont sa cape d'invisibilité, comme dans Harry Potter. »

## ÉDITRICE, ÉCRIVAINE
## 2000

Une jeune femme dans les années 2000 est une stagiaire ou une assistante. Les hommes demeurent souvent à la tête des maisons. On les retrouve soit aux postes de commande et de décision, soit à la manutention, réceptionnant les palettes de livres, pesant et emballant les colis, gérant les envois express. Les femmes sont partout ailleurs : fabrication, éditorial, presse, commercial, ressources humaines, mais, à l'image de la société française, elles n'accèdent pas encore tout en haut.

Quelques éditrices ont réussi à s'imposer dans des maisons, comme Teresa Cremisi chez Gallimard ou la papesse de l'édition, l'ogre Françoise Verny, pour qui c'est le plus beau métier du monde. Dans ses placards, il y a des bouteilles d'alcool et, au bout des doigts jaunis, toujours une cigarette qui grille. Elle est une voix qui appelle, prend des nouvelles, en fonction des heures d'écriture.

« Est-ce que tu écris ? Qu'est-ce que tu écris ?

Mon métier consiste à aider un auteur à déployer,

communiquer son talent, dit-elle, mais on ne crée pas un auteur. »

Certaines s'affranchissent, créant leur maison, telles Antoinette Fouque, Régine Deforges, Anne-Marie Métailié, Liana Lévi, Vera Michalski, Maren Sell, Odile Jacob, Viviane Hamy, Joëlle Losfeld, Anne Carrière, Nicole Lattès, Sabine Wespieser, Héloïse d'Ormesson. Avant elles, l'histoire et les récits ont oublié les femmes éditrices, libraires, imprimeures.

Du côté des écrivaines, à part Colette, Marguerite Yourcenar, Nathalie Sarraute, Marguerite Duras, Simone de Beauvoir, Françoise Sagan, rares sont celles qui sont récompensées, mises à l'honneur dans les manuels scolaires et les dictionnaires, rendues visibles par les institutions.

Annie (Ernaux), Christine (Angot), Nina (Bouraoui), Amélie (Nothomb), cette façon de les évoquer juste par leur prénom dans les magazines énerve Jean-Marc. Cette misogynie du milieu qu'il dénonce à l'image de la misogynie du pays. Ce paternalisme insupportable, ce système qu'on appelle « patriarcat ».

On le traite de souteneur lorsqu'il édite *L'Inceste* de Christine Angot, comme s'il avait des putes.

On lui reproche d'afficher en couverture de jolies femmes, de faire du marketing à outrance. Certains éditeurs prônent la pureté de la littérature, mais aiment que d'autres mettent les mains dans le cambouis, à l'abri dans de grandes maisons institutionnelles, les mêmes que fuient certains auteurs qui ne s'y sentent pas protégés, et qui finissent placardisés, esseulés.

Jean-Marc aime provoquer, il s'en fout, il marque mal, c'est de famille, dit-il souvent – il sait qu'il ne faut pas s'énerver à la télévision, ça ne passe pas, mais il n'en pense pas moins.

Il fait poser toute son équipe – des femmes – avec le slogan : *Stock, c'est elles.*

Stock, c'est lui, tout le monde le sait.

## LE CANAPÉ ROUGE
Hiver 2013

En arrivant chez Stock, Jean-Marc doit chercher de nouveaux projets, signer des contrats. Il se diversifie et prend goût à travailler avec des journalistes d'investigation. En 2004, il publie le discours de Simone Veil à l'Assemblée nationale défendant la loi autorisant l'interruption volontaire de grossesse. Il l'accompagne d'un entretien et appelle le livre *Les hommes aussi s'en souviennent*. Peu après, lors d'un déjeuner où il a mis une veste et une cravate, il ose demander à Simone Veil de raconter sa vie. Il peut être très patient, insister tendrement, particulièrement tenace, mais aussi être désarmé, surtout face à une personne qu'il admire. Il n'aime pas draguer.

C'est sans doute l'un des livres les plus importants à ses yeux.

Pense-t-il alors à Jean Cayrol ? Jean, le poète de *Nuit et Brouillard*. Jean, qui est parti définitivement. Jean, qui a fermé les yeux sur sa Garonne.

Un catalogue d'éditeur, ce sont autant d'aventures, de mémoires et d'amitié, de liens affectifs, de compagnonnages, parfois de mauvaises raisons, mais valables au fond. Derrière chaque livre, il y a une histoire, un récit.

C'est pourquoi une grosse valise est apparue près du fauteuil en cuir de Jean. Je n'ai pas besoin de demander à Jean-Marc ce qu'elle contient. J'ai reconnu les initiales, je sais l'histoire d'Élisabeth Gille et de sa sœur.

La singulière Élisabeth Gille fut l'éditrice de Jean-Marc chez Julliard, c'était aussi une formidable traductrice et une écrivaine. Lui-même a publié au Mercure de France le récit où elle raconte son cancer, *Le Crabe sur la banquette arrière*, en 1994.

Sa sœur, Denise Epstein, et elle furent des enfants cachées pendant la guerre. Elles ont sauvegardé dans la clandestinité les manuscrits de leur mère déportée, l'écrivaine Irène Némirovsky. De cache en cache, d'une cave à l'autre, sous de fausses identités, les fillettes ont emporté la valise contenant cet essentiel, gravée aux initiales I. N. L'œuvre inédite, l'œuvre posthume, arrachée à la mort, à l'oubli, à la destruction, à l'effacement, à l'autodafé.

C'est plus tard qu'elles ont su que l'éditeur Albin Michel, discrètement, avait permis leur survie, puis son gendre Robert Esménard. Il a tenté d'aider leur mère pour qu'elle n'ait pas d'ennuis : alors que le milieu littéraire se détourne d'elle, l'abandonne, il écrit son soutien, sa défense, il se risque.

Leur survie et celle de la littérature.

*Dimanche et autres nouvelles*, ensemble de textes écrits par Irène Némirovsky, publiés dans des revues et rassemblés pour la première fois en un volume, paraît en 2000 sous la Bleue, en même temps que la réédition du *Mirador*, le livre d'Élisabeth Gille, où elle recompose la vie de sa mère qu'elle a très peu connue.

Jean-Marc le récupère tout près de lui, dans sa maison, dans sa série. Il lui offre ce tombeau bleu nuit. Il réunit mère et fille.

## LE CANAPÉ ROUGE
## Hiver 2013

*C'est quoi la littérature ?*

C'est une question sans réponse, dans mon carnet. J'ai peur de son côté définitif, pourtant je la pose.

– … résiste.

Je fais répéter à Jean-Marc.

– Ça résiste, dit-il. … Ça résiste à toute définition, et c'est tant mieux.

« Je n'ai pas une certaine idée de la littérature que je veux imposer aux gens. Je veux imposer des écrivains, qui ne sont pas tous les mêmes. Je n'aime pas les lignes trop droites… les familles où tous les enfants se ressemblent. Chaque enfant est différent. Chaque auteur est un cas particulier. *(pause)* Et puis je n'attends rien de la littérature, j'attends d'être surpris. La vérité, c'est la forme, la note. Rien de pire qu'un romancier qui pense avoir un « bon sujet », les bons sujets font les mauvais romans. Un bon roman n'apporte aucune réponse, il ne fait qu'ajouter de nouvelles questions.

– Être éditeur, ça résiste aussi ?

– Au courant, au conformisme, au confort. Un éditeur comme un écrivain doit être hors la loi. Libre de toute médaille, de tout honneur. Sinon, ça vous attache, vous êtes redevable. Comme disait Jean, un auteur a besoin d'être contré, d'avoir les gens contre lui. C'est pareil pour un éditeur.

– Tu dis ça parce que tu as eu du succès jeune ?

– J'en ai été guéri très tôt, tu sais. Je me suis débarrassé de tout ça, heureusement.

– Qu'est-ce que tu ferais si tu n'étais pas éditeur ?

Il caresse son menton du majeur et de l'index droit. Si j'étais joueuse de poker, j'analyserais davantage ses gestes pour y déceler ses pensées.

– De la radio, j'aimerais faire de la radio, refaire des scénarios aussi, mais le cinéma est devenu tellement compliqué. C'est beaucoup moins drôle avec tout ce fric, c'est comme le football.

Je note ce qu'il me dit dans ce carnet dont je ne sais ce que je ferai finalement. Mais lui le sait certainement.

J'y consigne également les formules des journalistes sur lui. Toutes ces formules qu'on trouve sur cet internet qu'il n'aime pas sans le connaître, lui qui écrit à la main, irrécupérable pour l'informatique : le crooner des lettres, le prince de Saint-Germain-des-Prés, l'éditeur incontournable et charismatique, la figure la plus romanesque du milieu littéraire, l'insaisissable Jean-Marc Roberts, le courage d'un éditeur, le goût du contre-courant, Jean-Marc bleu nuit, le grand Roberts, un cœur léger, la vie et rien d'autre.

Et encore : une vie intense, stylée, celle d'un *bad boy*, un peu voyou, joueur, flambeur, flamboyant, au charme fou, anticonformiste, hors du commun, attachant, singulier, drôle et élégant, la séduction du diable. Ce sont décidément des titres pour un comédien, un chanteur, un homme politique.

Jean-Marc est un illusionniste, me dis-je, et un impressionniste de son temps. Il est tout ça, mais pas exactement ça. Et entièrement ça.

– Quelle formule préfères-tu ?

– La vie et rien d'autre. C'est la meilleure, non ?

LA MAISON
Sa préférence
25 octobre 2009

J'ai confié *Celle qui lit* à un correcteur. J'appelle Maria pour fixer notre séance de travail. Dans le grand bureau, Jean-Marc enchaîne les rendez-vous, sans retard ni précipitation. Il accorde toute son attention, toute sa *préférence*. Il semble maîtriser le temps. Avec lui, une décision se prend sur-le-champ. Il ne change pas d'avis.

Parfois, entre deux rendez-vous, il parle tout seul, moi aussi.

Il lui arrive de se réfugier derrière ma porte pour éviter quelqu'un. Ou de pousser un cri lorsqu'il aperçoit la souris qui grignote nos biscuits dans les tiroirs – j'ai amené mon chat sans succès. Parfois il me donne consigne d'interrompre une réunion avec un faux dossier, une fausse urgence. Je prends un air détaché. Je ne sais plus combien de fois j'ai dit que sa mère était morte. Et j'ai oublié à qui.

Il a peu de rendez-vous à l'extérieur, peu de déplacements. Lorsqu'il est en vacances, il appelle tous les jours et demande qu'on lui envoie des manuscrits. Il ne sait pas circuler en train de banlieue, dépasser le périphérique, il aime les centres-villes et les supermarchés, les linéaires bien rangés, les caddies à pousser. La fois où nous prenons l'avion, un léger trou d'air le décompose.

Il est drôle, irrévérencieux, de mauvaise foi.

Nous rions tellement avec lui dans cette maison, on ne s'ennuie jamais.

D'année en année, le chiffre d'affaires augmente, mais il se méfie quand c'est un fleuve tranquille, quand les succès s'enchaînent, la stabilité l'inquiète, l'insécurise, alors il tente par réflexe de diviser en marquant une préférence, dont il se lasse, ou il a quelqu'un dans le collimateur, nous l'avons bien compris, il veut garder la main, nous sommes soudées. Nous avons nos liens les unes avec les autres.

Ma porte est ouverte sur le couloir, je vois passer les visages, je sens l'atmosphère, le climat général, un dossier urgent, un problème à régler, une bonne nouvelle, j'en ai besoin, j'ai besoin de passer mes journées dans cette maison, qui m'a accueillie, d'entendre les rires à la machine à café, d'appeler les auteurs, les correcteurs, les directeurs de collection, de prendre un thé avec Liliane deux ou trois fois par jour, de retrouver chaque matin les filles, de les voir sans puis avec enfants, et j'ai besoin de Jean-Marc autant qu'il a besoin de moi.

## LA POÉSIE À L'ŒUVRE
## 1989

Depuis que j'ai rencontré Jean Cayrol, j'aime le lire et l'entendre. J'ai retrouvé une archive tout à fait par hasard, dans les tréfonds d'internet. Je n'ai pas envie qu'il disparaisse de l'histoire de Jean-Marc.

L'émission de radio grésille, avec des silences comme on n'en fait plus. On a laissé carte blanche à Jean Cayrol, qui vient de faire paraître une anthologie poétique. Je l'écoute casque sur les oreilles, tour à tour voix de métal, voix de velours.

– C'est un peu mon fils, dit le poète, en présentant Jean-Marc.

Il poursuit :

– Tu es quelqu'un d'attentif, tu écoutes. D'où cela te vient ?

– Si j'écoute tant les autres, répond Jean-Marc, c'est que j'ai besoin d'eux, de leur vie dont je me sers. C'est dans mes livres que j'ai ma voix... Écrire, c'est parler à quelqu'un. Écrire, c'est une sorte de confession. On se confie à un lecteur, imaginaire ou non. Si je ne révèle pas au moins un secret par livre, ne serait-ce qu'à moi-même, si je n'ai pas le courage d'aller le débusquer en moi, cet aveu qui m'échappe, je ne vois pas pourquoi j'écrirais.

– Tu es aussi éditeur. Comment cela agit-il sur ton travail ?

– Les auteurs m'ont appris ce que je suis, ceux que j'ai lus et ceux que j'ai édités. Je n'étais pas un grand lecteur enfant, contrairement à toi, je me suis rattrapé ensuite.

*As-tu été fait par tes auteurs ?* J'entoure la question en rouge. Allongée sur mon lit, je relis mon carnet. Qu'est-ce que ça signifie : je suis fait par mes auteurs ? Par ses lectures ? Par Hervé Guibert et son *Protocole compassionnel*, qui l'a bouleversé, Annie Ernaux et son *écriture comme un couteau*, qu'il a éditée et dont il adore l'œuvre, aussi de toute une littérature de lave brûlante qu'il accueille sous la Bleue, qu'on nomme *autofiction*, et dont il s'inspire pour ses propres livres ? *Un début d'explication*, *Toilette de chat*...

Comme pour se rassembler. Comme pour se ressembler.

Mais ce terme d'autofiction va mal à tout un répertoire aux variations multiples. Les frontières s'effacent, récit, roman, on ne veut plus être enfermé, désigné, assigné.

Lui ne veut pas l'être.

La littérature ce sont tous les possibles.

Sa Bleue, c'est un voyage à Nagasaki ou sur le sol de Mars, de grandes intrigues, une femme célèbre,

Cendrillon, une Anglaise à bicyclette, le fils de l'homme invisible, où on va, papa ?, la question humaine, le bruit des trousseaux, je t'oublierai tous les jours, longtemps, l'eau rouge, des mauvaises pensées, mille six cents ventres, brûler ses vaisseaux, une si douce fureur, le labyrinthe des sentiments, une matière inflammable, dans ma peau, un homme sans larmes, les étoiles froides, les chagrins, des bleus à l'âme, celle qui ne parle pas, un territoire fragile, l'année dernière, nous grandissons, combien d'enfants, parti, un mur cache la guerre, j'ai nom sans bruit, l'amour avant, pendant, après, 19 secondes 83 centièmes, la durée d'une vie sans toi, son absence, la femme de ma vie, un homme dans la poche, le corps de Liane, l'attachement, une partie du cœur, une pièce montée, comme un garçon, pour une vie plus douce, à présent, mes nuits sont plus belles que vos jours, dolce vita, rien de grave, et si on dansait ?, le ciel sur la tête, emportez-moi sans me briser, nos baisers sont des adieux, puisque rien ne dure, pour les siècles des siècles, l'écriture comme un couteau…

Sans doute qu'en alignant les livres qu'il a édités et ceux qu'il a écrits, on composerait un genre d'autobiographie. Une vie d'écrivain, une vie d'éditeur, et à côté ses vies parallèles, ses vies cachées, cloisonnées, ses vies qui remplissent le vide, l'ennui, des tas de vies et autant de lignes temporelles qui se rejoignent en une seule, celle face à laquelle on se retrouve au final ; le destin, le fatum.

Mais il y a tant de tours.

Ne jamais croire un écrivain.

## LE CANAPÉ ROUGE
Hiver 2013

Une petite foule attend devant la porte, j'ai l'impression de m'être trompée d'étage. Jean-Marc est assis sur le canapé rouge, quelqu'un a pris ma place, discute avec lui, puis repart. Voilà, tout le monde veut lui parler. Il fait mine de. Quand il a fini, je retrouve le canapé pour moi.

Il évoque un manuscrit reçu et s'excuse, s'asphyxiant légèrement, d'avoir mis trois jours à le lire. L'autrice a été appelée par un autre éditeur. Ça s'est joué à une heure. Cette fois il a lu un peu moins vite. Il a forcément une raison sérieuse. Ça, il ne le dira pas. Il n'est pas du genre à encombrer les autres de ses états d'âme et des drames de sa vie.

L'école Jean Cayrol :

Lire vite et répondre toujours

Écrire chaque livre comme si c'était le dernier et ne pas faire un livre de trop

Faire œuvre

Croire en l'auteur plus qu'en lui-même
Aimer ses imperfections

Comment fait-il pour lire avec le même appétit ? Je doute parfois

Lui n'a aucun doute en littérature

Le doute ce sont les comités de lecture où plusieurs personnes discutent des manuscrits et ne sont pas d'accord.

– Quand on aime, on ne demande pas l'avis des autres. Aujourd'hui, on demande beaucoup l'avis de tout le monde, pour tout et sur tout. Au final, c'est la loi du compromis. Le luxe, c'est de décider seul.

Paul Otchakovsky-Laurens a fondé la maison qui porte les initiales de son nom après n'avoir pas pu publier un manuscrit auquel il tenait.

Ne pas publier, cela rend fou. Ça rend fou d'aimer un texte et d'être empêché. Ça rend fou qu'un comité de lecture s'oppose.

La question essentielle demeure : pourquoi ce manuscrit m'a-t-il élu ?

À l'occasion de la sortie de son documentaire *Éditeur*, P.O.-L. dit qu'il ne faut pas avoir grandi pour pratiquer ce métier de manière « subjective, sentimentale, jalouse, exclusive, déraisonnable ».

Jean-Marc et lui sont faits de la même eau, du même bois.

Ce sont des enfants qui ont conservé leur capacité d'émerveillement et d'enthousiasme. Bien sûr, Jean-Marc publie davantage, il est beaucoup plus éclectique, mais ils partagent une vision commune, une âme d'éditeur.

À un moment du film, P.O.-L. laisse la parole à un écrivain mécontent, qui est parti de sa maison, il s'en explique avec une pointe de gêne, voire de culpabilité. Il voudrait être l'éditeur idéal.

Les clashs, les incompréhensions, les indéfectibles rancœurs, les jalousies sont pourtant fréquents dans l'édition. L'insuccès, souvent, altère les liens. La réussite, parfois.

L'auteur donne ses raisons – pourquoi son livre n'a pas marché ?

L'éditeur n'a pas fait son travail, il aurait dû augmenter les mises en place, miser plus fort, choisir une meilleure date de parution, un livre concurrent a pris toute la place, la maison a privilégié d'autres auteurs, la couverture était dissuasive, la quatrième pas assez efficace, l'attachée de presse était débordée, pas suffisamment disponible, il aurait fallu faire de la publicité dans les journaux, obtenir une traduction aux États-Unis, une adaptation télévisée.

Une maison doit être soudée, solide, sans interstice, afin que tout soit au service de l'essai à faible tirage comme du roman à succès, comme si, au départ de la course, chacun avait sa chance.

Cette chance, on la donne de moins en moins. Certains

éditeurs ne protégeant pas, humiliant, se protégeant eux-mêmes.

Un jour, un éditeur me lance : « Je veux être connu de tout le monde », en se tapotant le ventre et en rentrant sa chemise dans son pantalon. On dirait un mot d'enfant capricieux. C'est là que j'ai compris que la folie des éditeurs et des auteurs peut se ressembler.

Jean-Marc est très blessé quand un auteur le quitte.
Ça lui est arrivé plusieurs fois.
Il quitte aussi parfois brutalement, sans explication.
Il n'aime plus. Ne répond plus au téléphone.
Manque de courage.
Fuit.

Savoir qu'un auteur est un enfant souvent tendre, ou assoiffé, qui peut manger la main, mais que l'éditeur est aussi tendre, ou assoiffé, qu'il ment beaucoup.

LA MAISON
Lire, toujours
30 octobre 2009

Les feuilles mortes ne cessent de tomber,
de s'amasser sous les arbres, sous nos pas.
Tout est un perpétuel recommencement, il n'y a aucun temps mort. Les offices et les bons à tirer s'enchaînent. L'arrivée quotidienne des manuscrits alimente ce sentiment de roue continue.

Jean-Marc lit à côté
Il tourne les pages,
Le temps est autre
Dans la précipitation du monde
Un monde qui nous précipite contre nous-mêmes, les uns les autres, de plus en plus rapide, connecté, fonctionnel, formaté, où l'image gagne sur l'écrit
L'efficacité, l'efficience, la performance
Le temps est retenu dans un souffle, un mot, une ligne,
Une page
Il continue sa lecture, il entend quelque chose dans le manuscrit

Il s'entend peut-être

Le temps est concentré

Il allume une cigarette

Ce sont des moments précieux, sans autre que soi, sans avis, ni regard

Il n'y a pas de personnage possible

L'éditeur est un marchand, l'édition parfois un marchandage

De réseau

C'est un jeu

Mais dans ces instants face à l'inconnu, la découverte

La vraie,

C'est celle où l'on se rencontre soi-même différemment.

Il m'appelle après.

– Je l'ai, le deuxième premier roman de la rentrée ! Cette fois, c'est un jeune garçon formidable.

Il a reconnu, forcément, d'où venait le titre du manuscrit. *Pour quelles raisons étranges.*

## ÉDITEUR EN CHANTANT
## 2005

Jean-Marc est incollable sur la variété française et italienne. Pour quelles raisons étranges, il se rêvait, adolescent, chanteur.

Cette fois, il passe une bande-son qui sent l'azur, le cosmos, l'*amore*, les filles des étoiles. La voix rauque de Paolo Conte résonne dans la trattoria en bas de chez lui qui sert des spaghettis aux palourdes et des risottos à la truffe. Nous sommes réunies autour d'un écrivain qui vient de passer à la télévision.

Pour Jean-Marc, tout est une fête, chaque livre doit être une aventure. J'ignore comment il négocie avec les gestionnaires. C'est sans doute non négociable avec lui.

Il a fallu dix ans, comme il l'avait prévu, pour que sa série bleue s'ancre et s'impose : *L'Inceste* de Christine Angot, *Les Âmes grises* de Philippe Claudel, couronné de plusieurs prix, traduit dans le monde entier, *L'amour est très surestimé* de Brigitte Giraud, *Rien de grave* de Justine Lévy, *Madame Bâ* d'Erik Orsenna (dont *La grammaire est une chanson douce* et ses suites, prescrites dans les écoles, ont sauvé la maison), *Mes mauvaises pensées* de Nina Bouraoui, prix Renaudot... Il a aussi accueilli les rééditions de Françoise Sagan lorsque son fils Denis Westhoff le lui a proposé. Personne ne voulait prendre ce risque. Sagan, sous la Bleue, Sagan, qu'on oublie un peu à cette époque. *Bonjour tristesse*, 1954. La date de naissance de Jean-Marc.

Alors que la musique se teinte à présent d'*italian disco*, un monstre sacré du cinéma se joint à nous, on sent son magnétisme posséder la salle. Je pense à tous les films qu'il a interprétés tandis que les chaises s'ajoutent. Un humoriste se met à danser sur la table. Je crois l'avoir déjà vu à la télévision. Quelqu'un distribue des paroles de chansons pour que nous reprenions les tubes de Jean-Jacques Goldman, Gilbert Bécaud, Téléphone, Joe Dassin, Daniel Balavoine, Michel Berger, France Gall. Résonne *Il jouait du piano debout* : *Ne dites pas que ce garçon était fou, Il ne vivait pas comme les autres, c'est tout, Et pour quelles raisons étranges, Les gens qui n'sont pas comme nous, ça nous dérange.*

Jean-Marc aime ce joyeux bordel. Il éloigne l'ennui le plus possible.

Alors qu'il était l'invité d'honneur d'un cocktail, je l'ai retrouvé dans la rue, regardant un match de football sur l'écran d'un bistrot. Une demi-finale France-Italie, il ne pouvait manquer ça. Une autre fois, dans un théâtre, il n'a cessé de remuer dans son fauteuil alors que des danseurs agitaient de longs boudins lumineux entre des lectures de textes. Il voulait s'éjecter de là, gesticulait comme un enfant perturbateur.

Il aime l'oubli que cela procure, la joie collective.

Dans sa petite bibliothèque, j'ai bien vu que, parmi ses disques, il avait glissé le morceau que nous lui avions enregistré en studio, une version de *Que je t'aime*, pour ses cinquante ans. Nos paroles ont remplacé celles de Jean Renard, nos voix celle de Johnny Hallyday.

## LE SALON DU LIVRE
6 novembre 2009

Nous nous retrouvons voie 17 de la gare de Lyon à 8 h 30, chacune et chacun avec son bagage, sa valise, son billet, sa trousse de toilette, son pyjama, ses tenues de rechange. Dans le train filant vers le sud, où les couverts sont mis, les bouteilles de vin ouvertes, les plats chauds apportés au rythme de l'incessant roulis, chaque éditeur accompagne ses auteurs. Les patrons invitent à leur table les jurés des prix. Les écrivains, qui ne sont plus en lice, font bonne figure. Celui-là, en revanche, hésite à sortir le poing. Celui-là discute avec un journaliste et espère peut-être obtenir un papier. Chacun fait comme il peut dans cette mare aux canards, cette pièce de théâtre, cette cour de récréation, où se côtoie l'édition parisienne le temps d'un week-end.

De plus en plus, les années passant, la pression s'exerçant, l'éditeur parisien sort de sa maison, parcourt la France, la Belgique, la Suisse, surveille comme le lait sur le feu ses écrivains vedettes, va à la rencontre du public, des libraires. Le salon est aussi l'endroit où les auteurs échangent sur leur éditeur, se renseignent et comparent – les à-valoir, les mises en place, la publicité.

C'est aussi le temps des rencontres, des troupes, des amitiés, des péripéties, d'un salon à l'autre, d'une signature à l'autre, d'une chambre à l'autre, tout un tissu de souvenirs que l'on se fabrique, de jour comme de nuit.

C'est connaître le public qui lit un auteur – voir sa foi en l'écriture, dans les livres, qui rassure, rassérène.

Arrivée dans la ville, je rejoins le stand où un libraire nous accueille. À travers la foule qui se presse pour les signatures, je reconnais une autrice avec qui j'ai partagé une soirée. Alors que nous discutons, j'aperçois rapidement dans mon champ de vision son éditrice qui, peu à peu, s'approche, tout en paraissant regarder des ouvrages, je ressens sa jalousie, tout comme je pourrais l'être à sa place, l'*affectivité*, l'*exclusivité* de l'éditeur, elle tourne autour de nous, puis se mêle à la discussion, marquant ainsi son territoire.

Dans l'après-midi, je fais le tour du salon.

– *L'Angoisse du tigre*, s'il te plaît.

Jean-Marc lève la tête, il est assis derrière une petite pile de livres, son dernier paru et quelques poches. J'ai choisi celui-ci avec sa couverture datée. Personne ne vient lui parler, lui demander une dédicace. Il fait comme si cela n'avait pas d'importance, comme s'il était surtout venu comme éditeur. Un peu plus loin, un lauréat du Goncourt ne signe pas davantage. Une star de la télévision signe beaucoup.

Les écrivains passent le temps, parlent entre eux, se taisent poliment lorsqu'un lecteur s'approche, gênés lorsque celui-ci prend un ouvrage, lit longuement la quatrième de couverture et le repose sans dire un mot, mais cette fois c'est moi qui tends mon exemplaire à Jean-Marc, juste pour éviter une petite humiliation – *à mon père, s'il te plaît*.

Un peu plus tard, il s'éloigne pour téléphoner avec son portable ombilical.

Il revient mine de rien.

– C'est bon… P.O.-L. aura le Goncourt cette année.

Il manquait une voix. Il a convaincu un juré.

– Qu'est-ce que tu y gagnes ?

– Rien… sa maison en a besoin, les chiffres sont mauvais, il est en difficulté, et je ne les aime pas les autres.

– Mais ils font partie du même groupe que toi, non ?

Lorsque je regagne notre stand et les auteurs qui signent, j'aperçois l'éditrice de tout à l'heure y distribuer sa carte de visite.

## LA MAISON
## Jour de prix, jour de prières
## 9 novembre 2009

Le jardin du Luxembourg est en feu.

Est-ce que les petits papiers vont marcher ? Garde-t-il la main encore une fois ? L'air est coupant comme du papier de verre dans nos bureaux.

Jean-Marc a le visage tendu, les téléphones n'appellent pas. Il ne faut surtout pas bloquer les lignes. Chaque sonnerie fait sursauter. Personne n'arrive à se concentrer, tandis que l'attention converge vers le grand bureau. À la fin, tout le monde s'y installe.

J'ai le ventre noué.

Nous nous lançons des mots pour alléger l'atmosphère. Jean-Marc regarde sans cesse son portable, un modèle simple sur lequel il pianote comme un enfant. L'heure approche, midi, midi cinq, midi dix, midi quinze, les minutes s'égrènent, la maison retient son souffle. Midi vingt. C'est foutu, c'est trop tard.

Ça sonne.

Jean-Marc décroche.

Ça n'est pas ça.

Ça sonne à nouveau.

Jean-Marc décroche.

Cette fois, c'est ça.

Nous le regardons intensément, il raccroche et dit : c'est bon. Juste, c'est bon, et ça explose comme un bouchon de champagne.

Les applaudissements fêtent l'auteur, surpris, un peu sonné, qui arrive à ce moment-là dans le couloir. Je le vois heureux, pour lui autant que pour Jean-Marc et la maison. Ce sentiment de liesse, de gagne, de ventes assurées ; l'année est rattrapée, la prime sera accordée. Il part tout de suite rejoindre les jurés et les journalistes.

Chacune reprend alors sa tâche : appeler les rédactions de presse, alerter les éditeurs étrangers, préparer le cocktail du soir, lancer l'impression des bandes déjà montées. En fin d'après-midi, je me glisse dans les toilettes, me change, me coiffe, me maquille, je ne suis pas seule. Après le cocktail, nous remontons la rue de Rennes jusqu'à la Brasserie Lipp. La façade en acajou verni et son auvent orange qui abrite une terrasse fermée nous accueille, la porte-tambour, le directeur et sa moustache 1900 finement courbée vers le haut, les grandes glaces inclinées, les faïences et les mosaïques murales représentant des plantes et des oiseaux exotiques, les plafonds peints de fresques africaines, les lustres rococo, tout un décor Années folles, les banquettes en moleskine, les pancartes anciennes invitant les *« amateurs de pipe à avoir la courtoisie d'y renoncer »*, les pendules qui avancent de sept minutes, les serveurs affairés jonglant avec un céleri rémoulade, une choucroute garnie, une sole meunière, une brandade de morue, des pieds de porc farcis, impeccables en veste, gilet noir et tablier blanc.

La salle du fond nous est réservée.

Dans cet antre qui reçoit depuis des décennies le monde culturel et politique règne encore la possibilité d'un joyeux brouhaha, d'un heureux bordel, d'un monde non ripoliné, non oublieux des habitués.

Nous sommes une cinquantaine, des stagiaires au patron, de la standardiste au lauréat, des journalistes aux jurés, nous nous installons devant nos petits cartons écrits de la main de Jean-Marc, qui a longuement travaillé sur le plan de table, mais nous intervertissons nos places pour que ce soit le plus gai possible. À la fin, il ne restera que nous, autour de Jean-Marc qui chante *Qu'est-ce qu'elle a ma gueule ?* avec la voix de Johnny Hallyday. Son visage est pleinement heureux.

# LE CANAPÉ ROUGE
Hiver 2013

La porte est ouverte, je me glisse dans l'appartement qu'emplit la voix cristalline de Barbara. C'est une petite cantate dont la délicatesse effleure les moulures du plafond.

Jean-Marc est dans la cuisine, je l'entends me dire : Installe-toi, j'arrive.

Je m'assois sur le canapé rouge, il fait frais cette fois, le soleil est à demi caché par l'immeuble d'en face, l'hiver a tamisé la cour de neige, le chat noir la traverse. À la place de Jean-Marc se trouve un carton de déménagement avec une inscription dont je reconnais l'écriture fine, aplatie, presque illisible : *Pour ton livre*.

J'attends un peu, quelque chose frémit dans la cuisine, de l'eau pour des pâtes sans doute, et la voix de Barbara fredonne une chanson qui me rend nostalgique. La buée a flouté les vitres de la fenêtre.

Je sors du carton un grand cahier d'écolier à spirales et l'ouvre, curieuse et avide soudain, chaque page est parcourue d'une écriture appliquée.

Chaque manuscrit indique sa *conception* très précisément.

Celui-ci, *12 mars 1975, 12 h 10 – 24 juin 1975, 17 h 30.*

Le carton contient tous ses manuscrits, rangés par ordre chronologique – un carton, une œuvre. Un fragile carton de manuscrits qui ont donné des livres, dont certains sont épuisés.

Ceux de Jean Cayrol, que j'ai réservés en bibliothèque pour les lire, sont dans des sous-sols, des entrailles d'étagères.

Ce sont toutes les voix qui chuchotent.

La voix de Jean-Marc au téléphone.

La voix de Jean Cayrol, douce et métallique.

La voix de Michel Bouquet, dans *Nuit et Brouillard.*

La voix de Jean Rochefort, tout en humour et élégance.

La voix de Philippe Noiret, chaude et mystérieuse.

La voix de Guy Bedos, irrévérencieuse et tendre.

La voix de Nathalie Baye, distinguée.

La voix de Peggy, qui imite.

Lire, relire son texte, à voix haute
Le murmurer, le gueuler,
Les mots de la main vers le souffle
Les avaler, les mâcher
Comme une nourriture
Buter
Quelque chose se refuse parfois

Se dérobe à tout mot juste
Le gueuloir
Le verbe qui se fait chair

LA MAISON
La préparation de copie
2 décembre 2009

Maria fait résonner son texte dans mon bureau :

« Elle a peur de consentir à être, autre chose que ce que l'on croit qu'elle est. »

– Je préfère garder la virgule pour le rythme, même si c'est faux, dit-elle.

Le manuscrit est passé entre les mains du correcteur. La copie a été préparée. Il est à nouveau entre mes mains. Maria et moi travaillons dans le bureau, l'une à côté de l'autre, droites et attentives, porte fermée, comme dans un enclos, une zone protégée. Personne ne viendra nous déranger.

Le radiateur brûle nos dos. La chaleur nous enveloppe et nous plonge dans une douce torpeur.

Nous tournons les pages, l'une après l'autre, chaque question rassérène Maria, elle a cette autorité sur son texte, elle sait, elle ne doute pas, tout est clair, précis, sa ponctuation, sa respiration, sa syntaxe – tout ce qui fait sa langue.

Elle choisit de garder ou non chaque proposition que nous considérons. La place d'une virgule, une répétition gênante, un adverbe maladroit, c'est un travail long et minutieux où nous entrons au cœur de la trame, des fibres, du textile sémantique, qui s'étire jusqu'au soir dans nos respirations mêlées, notre concentration bicéphale, et à nouveau le lendemain.

Nos yeux parcourent le rouge des fautes, le bleu des remarques, les traces du correcteur dont nous devinons la méthodologie, décryptons les codes typographiques pour indiquer un mot à ôter, une lettre à ajouter, un italique manquant, une redondance, une imprécision ou inexactitude.

Tout passe au tamis de la correction. Tout fait signe. Tout fait langue, style.

Les alinéas, les sauts de ligne, les paragraphes, les chapitres, tout autant que le débit des phrases, l'avalanche des mots, les signes de ponctuation.

J'entrerai les corrections dans le fichier et enverrai en composition à notre fabricante le manuscrit préparé, avec son titre, sa dédicace, son exergue – tout ce qui devra figurer dans le livre.

La composition – ce qui compose
Ce qui plaît à l'œil
Lui est confortable

Mis en forme, le texte endossera un format, une police de caractères, un empagement, s'approchant du livre imprimé, il deviendra des premières *épreuves*.

LE MANUSCRIT
L'envol
Page 75

« Quelque chose s'est envolé, s'est allégé.

La musique est à fond tandis que Maria danse, volubile, souriante, sur les carreaux rouges de la cuisine et qu'une lumière blanche effleure son visage. Elle se laisse consumer par la joie sur *Like a Virgin*.

Longtemps Maria était sur son banc, le banc de l'enfance, de l'adolescence, au milieu d'un bois aux ombres légères. Ce banc imaginaire la protégeait du dedans, du dehors, de l'ailleurs, de la peur, d'être dévorée par un ogre, attrapée par une main inconnue. Elle ignore quand le banc a commencé. Il a toujours été là, adouci par les arbres, le vent, cette pureté de la nature. Il peut apparaître au moindre obstacle, le banc est comme son tapis magique, elle s'y envole, y disparaît.

C'était un mécanisme de défense solidement ancré. Le banc demeurait là, même en groupe, même au milieu des autres, amarré à elle. Il a fallu s'en affranchir. Risquer la main, le pied. À présent, elle sait que la joie se cultive, que la joie appelle la joie, qu'il faut aller à contre-courant de ce qui peut la basculer, la rattraper.

Elle inspire, elle expire.

Ce soir elle danse tel un soleil, les nuits magiques, électriques, fiévreuses, en mouvement, se débarrasse de la poussière.

Lorsque la lumière éclaire les visages, les parades, les sourires, sur les magnolias de Claude François, les bambous de Philippe Lavil, rase les épaules, sculpte les silhouettes dans les miroirs, son corps se délie et ne peut plus s'arrêter, il est pris par la musique, par l'énergie qui nettoie tout, la consume. La playlist lui donne de l'énergie, elle saute partout, déploie son corps tout entier, jusqu'au bout des doigts, qui se tendent et veulent toucher le plafond, le ciel étoilé.

Parfois elle s'arrête un instant pour boire, puis repart.

Elle a soif, à présent. »

LA FÊTE
Ça, c'est vraiment toi
9 décembre 2009

Les corps se mêlent, se frôlent sur la piste. Jean-Marc trempe sa chemise sur les tubes qu'il a choisis et qui s'enchaînent frénétiquement. *Alexandrie Alexandra, Billie Jean, Les Sunlights des tropiques, Rasputin, Dancing Queen, Marcia Baïla, Joe le taxi, Sex Machine, Should I Stay or Should I Go, Let's Dance, Salma Ya Salama, Le Jerk, Stayin' Alive, Lili voulait aller danser, Ça (c'est vraiment toi).*

C'est vraiment lui, ce côté bon enfant. C'est vraiment lui, ces fêtes qu'il organise chaque année en décembre. Pas de buffet, juste une piste de danse, une sono et un peu d'alcool à partir de 22 heures.

Fabienne n'est que joie dans son haut rose scintillant et son pantalon noir. C'est son anniversaire, Jean-Marc a choisi sa date pour célébrer l'année. L'un des correcteurs la fait tourner sur un rock avec agilité, ses joues s'enflamment. Liliane danse avec nous pour la dernière fois. Elle va partir à la retraite, fondre ses yeux bleus à la mer, lire tous les livres qui l'attendent dans sa bibliothèque, se balader dans les aiguilles de pins bretons. Nos longues conversations me manqueront.

Je me suis assise sur un sofa, buvant de grandes rasades d'eau.

Je suis là et ailleurs, comme le banc de Maria.

Cette image a déposé sa trace en moi – il faut laisser ce banc derrière soi, convoquer la joie.

C'est une célébration, une exultation, une épiphanie, qui vient nous laver de l'année. Rien d'autre n'existe que la musique, les voix qui discutent au bar et tentent de s'entendre par-dessus les décibels, les corps qui s'agitent, les visages qui se confondent, les bouches qui chantent, les yeux qui s'étirent avec la fatigue.

Maria me rejoint un verre de vin à la main, nous nous sourions. Nous sommes trop près de la sono pour nous parler. Elle regarde autour d'elle. Elle imprime la magie de l'instant.

Jean-Marc apparaît sous une lumière blanche, les cheveux collés aux tempes, dans son jean et sa chemise bleue. À un moment, comme d'habitude, il n'est plus là, mais c'est comme si sa présence demeurait. Il semble prêt à resurgir pour une autre danse, à s'électriser à nouveau. Revenir, à tout instant.

LA MAISON
Les épreuves
7 janvier 2010

De légers flocons flottent dehors. La cour du cerisier est ouatée. Jean-Marc a eu l'idée, il y a quelques années, de lancer une rentrée littéraire en janvier, de créer un second temps fort. « Nos nuits de lecture sont plus longues que vos jours » est notre slogan cette fois. Trois nouveaux bleus paraissent aujourd'hui.

*Celle qui lit* a pris forme.

Les épreuves sont posées entre Maria et moi. Une correctrice les a examinées.

À nouveau, tout se joue autour de lui, ce *texte*, ce *tissu*, cette *trame*, cet entrelacement de mots, ce *bâti*, comme le fil de l'aiguille bâtit un modèle.

Le texte est notre dialogue. Nous l'*investissons* une dernière fois ensemble.

Nous commençons à nous connaître. Ces moments sont doux et intenses.

Nous entrons dans la composition du texte.

Outre l'orthographe, la grammaire, la ponctuation, les cohérences, la correctrice a porté son attention aux coupes des mots – qui doivent respecter l'étymologie, ne pas tomber en fin de page impaire ou se succéder plus de deux fois à la suite –, aux lignes creuses, veuves et orphelines. Elle veille à l'harmonie.

Elle a entouré tous les *M* que Maria a mis à *Maman* – ce qui signifie passer une lettre majuscule en minuscule –, afin d'unifier avec *papa*. Mais celle-ci préfère laisser ainsi.

Tout correcteur aime l'ordre, l'unification, les règles. C'est un travail d'artisan de la forme et du sens au service du mot.

Apaiser l'œil
Pas de distorsion.
Du manuscrit au livre,
L'écrin.

Combien de mots dans la pupille, engrammés dans l'iris
Rivés aux écrans, gestes rapides,
*Scrolling* abrupts répétitifs
Pauvres
Alors que l'œil parcourt la couverture la page qui se joue de la lumière de la matière,
Tout un monde de papier
Tout un monde de murmures
Ce sont les mots
C'est le monde alors que l'écran nous engloutit nous rive

Nous empêche
Le livre ouvre l’horizon
L’œil se muscle.

LA MAISON
Typographie
15 janvier 2010

J'apporte à notre fabricante le jeu d'épreuves avec les corrections soigneusement reportées à la main. Hélène prépare un livre de photographies. Elle dispose d'un nuancier universel reproduisant près de mille couleurs codifiées. Elle le manipule pour trouver le bon Pantone, à travers toutes les gammes chromatiques. C'est un arc-en-ciel fascinant, un éventail afin que, quels que soient l'œil, la machine, l'ordinateur, la couleur validée soit la même. Devant elle, un projet de couverture : les lettres se détachent comme en braille et courent sous les doigts.

Elle consulte aussi un cahier de polices, des plus anciennes aux récentes, sous divers corps, en italique, en semi-gras, en gras. Certaines sont cursives, déliées, d'autres télégraphiques. Je le feuillette, fascinée par la profusion, la richesse des caractères.

Le vocabulaire de l'édition a peu évolué. Malgré l'informatisation, on se réfère aux mêmes mots hérités de procédés d'imprimerie séculaires, tels *caractères*, *épreuves*, *haut* et *bas de casse* – la casse était une boîte permettant de ranger les polices de caractères en plomb.

Dans ce vocabulaire encore usité, déconnecté de sa création, demeurent en écho le travail artisanal, les matériaux originels : le bruit des presses, l'odeur de l'encre, le feu de la forge, le martèlement du fer, le coulage du plomb.

Le livre imprimé est composé d'une matière organique. C'est un organisme vivant, de bois, de plomb, d'eau. Il dure le temps d'une vie, d'une civilisation. Les pages jaunissent, se tachent. Des champignons les colonisent. Elles changent selon le froid, le chaud, l'humidité. Gonflent, se gondolent, se détachent. Les livres brûlent à Alexandrie ou dans les feux du fascisme, mais ce qui a imprimé le temps et l'espace demeure. Les livres sont l'eau la terre le ciel et l'air de nos rêves, de nos récits.

## UN MOT SE RECHARGE DE TOUTE UNE VIE
## Jean Cayrol

*Le monde éteint s'allume en tes*
*cheveux*
*la grosse boue gavée de morts*
*est sur ta joue*
*le reste se perd dans l'or*
*dans le bleu*

*Ce qui a imprimé le temps et l'espace demeure,* un poète comme Jean Cayrol le sait plus que quiconque. Il a aussi le goût des mots et de leur forme – littéraire et typographique.

Il racontera que, détenu à la prison de Fresnes plusieurs mois en 1942, il découvre un jour dans sa cellule un sac en papier sur lequel est inscrit élégamment :
*Épicerie générale de luxe.*

Il n'a que ça ; il s'accroche quotidiennement à ces quatre mots, examinant chaque lettre, chaque caractère.

Fil de funambule. L'alphabet des mots. Le minuscule devient l'essentiel.

Une fois, on lui fait passer clandestinement une revue qui comporte des illustrations sur papier glacé. Un peu de lecture, si loin du vécu, mais des images du monde. À la lumière rasante, il décèle de discrètes écritures, un peu partout, à l'horizontale, à la verticale, dans les interstices, sur chaque espace de liberté laissé par la typographie : ce sont des centaines de poèmes composés à l'ongle par les détenus.

Il utilise un clou fiché dans le mur de sa cellule, pour graver les siens, avant de trouver, cachées, des mines de crayon, laissées par d'autres.

Chaîne humaine.

Les mines de crayon passent de main en main. Des gens écrivent des centaines de poèmes sans être poètes ni écrivains. Car le plus simple mot se recharge immédiatement de toute une vie, de toute une humanité.

Jean Cayrol utilise également du papier à cigarettes qu'il dissimule dans l'ourlet de ses mouchoirs. Il fera passer ses poèmes, dans le linge, direction Alger.

« La littérature revenait par d'autres moyens, tous les moyens possibles », dit-il dans un entretien radiophonique avec Roger Vrigny.

Il ne cessera d'écrire, au camp de Mauthausen-Gusen, caché par ses amis sous une table, dans une pénombre qui l'empêche de se relire. Sa part d'humanité. Il récitera aussi des poèmes de Hugo et de Rimbaud aux détenus qui le lui demandent. Quand il a épuisé les grands auteurs, il invente.

Comment imaginer une telle puissance des mots ?

Lorsqu'il devient éditeur, il croit encore à la possibilité des récits et de la littérature, pour lui-même et pour les autres.

LE MANUSCRIT
Entrer par effraction dans le monde
Page 111

« Il suffit parfois de toucher un livre pour en sentir le savoir
Il suffit de l'avoir avec soi pour se réconforter
Se réchauffer d'une page
Il est patience et durée

Si elle va sur les réseaux sociaux, Maria est avalée, elle est avalée par les autres, leurs vacances, leur mise en scène, les informations, elle est curieuse, avide de tout, mais c'est comme si l'écran l'absorbait, la suçait, comme quand elle était petite et qu'elle regardait la télévision des heures durant, hypnotisée par la magie des histoires, les héroïnes japonaises, ou par l'écran de cinéma, à présent par celui du téléphone.

Dans le monde des images, ses pensées se dissolvent, son cerveau devient machiné, lavé à grandes eaux, elle n'existe plus. Le cœur n'est plus relié à la tête.

À un moment, les livres n'ont plus étanché toute sa

soif, ils ne prenaient plus en charge tout ce qu'elle ressentait. Dans le fouillis du monde, il lui a fallu trouver des interstices de lecture.

Lire, c'est entrer par effraction dans le monde, en étant toujours soi.

Au final, elle est le roseau. »

## SALON DU LIVRE DE PARIS
## 25 mars 2010

Les bourgeons éclatent au bout des branches des arbres, le cerisier de la cour explosera bientôt, les jacinthes et les narcisses éclosent dans les jardins. Je travaille sur la quatrième de couverture et la bande de *Celle qui lit*. Une photo de Maria figurera dessus. Presque tous les textes de la rentrée littéraire d'automne ont été corrigés.

Je retrouve Maria le soir même dans les travées du Salon du livre de Paris, qui réunit le monde de l'édition avec ses centaines de stands et ses milliers d'ouvrages. Ce n'est pas l'odeur du papier qui saisit alors, imprime la mémoire, mais la moquette recouvrant le sol bétonné, les spots chauffant les visages, l'effluve furtif de foin et de bêtes laissé par le Salon de l'agriculture qui a précédé, la concentration et l'effervescence, le sentiment du rendez-vous annuel, la file sortie du métro sur le boulevard des maréchaux, carton d'invitation en main, continuant à entrer, tandis que les officiels font leur visite inaugurale.

Nous nous arrêtons d'agir, curieuses, face à la foule compacte des journalistes et des gardes du corps qui se déplacent ensemble et approchent, dans notre tenue du jour, le rouge à lèvres et les chaussures assorties, à regarder ceux et celles qui n'attendent que ça, le mot du président ou du ministre, car *il faut en être, être vu,* et alors que la nuée apparaît, bruyante et excitée, Jean-Marc s'éloigne et se dirige au fond du stand, il semble sortir du jeu, dans un mouvement fluide qui évoque une figure de danse, celle de l'esquive, la boule avance lentement, indistincte, passe devant notre stand, puis s'éloigne, dans un crépitement de paroles et de flashs, que Jean-Marc a observé, adossé à l'une des bibliothèques, le coude appuyé sur une étagère, les doigts cherchant leur cigarette, le regard vif qui n'en pense pas moins – qui en *pense toujours beaucoup*.

Tandis que la boule s'éloigne, l'emporte, le ministre se souvient de lui subitement, revient sur ses pas, l'aperçoit, le hèle et se faufile jusqu'à lui. Il tend sa main, glisse quelques mots et repart, à nouveau englouti dans l'essaim dont il s'est échappé un instant. Celui qui n'a pas bougé a un sourire imperceptible.

Es-tu le dernier à être si *faussement* léger et *réellement* conscient ? Le monde littéraire est un terrain de jeu dangereux, parfois plus âpre que tes parties de poker dans bon nombre de casinos français, aussi faut-il esquiver, glisser comme sur une piste de dancing ou celle d'un bowling.

C'est un monde aussi violent que les autres, avec cette part d'égos, de cruauté, d'intelligence perverse, qui semble se distiller dans chaque univers professionnel à notre époque. *Vouloir brûle, pouvoir détruit.* Nous rétrécissons comme une *Peau de chagrin.*

C'est un monde de partages, de conversations, une bulle fermée autant douce et étouffante qu'ouverte à tous les échanges et expériences.

C'est un monde bourgeois, aristocratique pour certains, avec ses codes et ses règles.

C'est un monde d'héritiers et d'autodidactes, où se mêlent grands groupes, maisons familiales et indépendants.

C'est un monde de passionnés, d'amoureux de la création, farouchement attachés à leur liberté, un monde qui prend encore son temps, qui va à contre-courant, qui résiste.

C'est un monde qui rencontre d'autres mondes, aussi riches et fertiles, foisonnants de créativité, et qui dialogue avec l'époque et la société.

C'est un monde où demeurent des passeurs, des *medium,* quelques aventuriers, avant-gardistes, défricheurs, affranchis. Plus aucun pirate ni mercenaire.

C'est un monde où se vit la précarité des écrivains, des pigistes, des correcteurs, des assistants, payés de mots, d'événements.

C'est un monde-passerelle, un monde fragile, un écosystème menacé par la norme et la mondialisation.

Dans ce monde, Jean-Marc est un électron libre.

Ce monde est le mien. Je n'ai connu que lui.

Plus je le connais, plus je comprends que tout s'y mêle, les intérêts, l'affectivité, les amitiés, l'*entre-soi,* sans qu'il soit si facile de juger – où commencent les compromis et les compromissions ? Je suis moi-même écrivaine et éditrice dans la même maison, éditée par Jean-Marc. Plus je pense à lui, plus je me dis que c'est un équilibriste. Il se tient *sur la frontière*.

LA MAISON
La réunion des représentants
29 avril 2010

Maria parle doucement, quelqu'un lui demande d'élever un peu la voix. Son timbre rauque, mal assuré, envahit la salle de réunion. Elle fait face à une quinzaine de visages inconnus, s'accroche à d'autres qu'elle reconnaît, dans cette pièce qui a entendu tant d'auteurs. Les livres y prennent un écho particulier. Ils sortent de leur forêt et commencent à cheminer vers autrui.

Ces visages nouveaux, ce sont les représentants qui sillonnent les régions de France, la Suisse, la Belgique, à la rencontre des libraires, pointant chaque commande. Ils n'ont souvent que quelques minutes pour présenter tous les livres de notre programme. Cette équipe-là, ces regards-là, nous les retrouvons tous les deux mois, il y a de plus en plus de femmes. Ils sont nos porte-parole auprès des libraires, que défend Jean-Marc avec conviction face aux plateformes numériques.

Ces visages reconnus, ce sont les nôtres, ceux de la maison.

Peu à peu, Maria se sent chez elle.

Elle parle pour la première fois de *Celle qui lit,* elle s'échappe de sa nuit, de son bois, elle a peur de ne pas être exacte, de ne pas donner envie de la lire, elle tente de résumer ce qu'elle a fait, elle ne sait pas encore très bien ce qu'elle a fait, ni comment. Pourtant, elle s'exprime avec clarté.

Les représentants l'écoutent attentivement, captant son univers, ses thèmes, son histoire, notant quelques mots clés.

Jean-Marc et moi l'entourons.

Je suis suspendue à chaque mot tremblé de Maria. Je perçois ce qui la traverse à ce moment-là. J'accompagne sa pensée, sa respiration, son débit, ses mains qui s'agrippent l'une à l'autre. Je me souviens être passée par là pour mon premier livre, la vulnérabilité.

Elle s'arrête soudain, elle a tout dit. Jean-Marc et moi ajoutons quelques mots – ceux que seul l'éditeur peut prononcer.

Où naît un livre.

*Celle qui lit* est né d'une fontaine aux papyrus à Syracuse. De touffes graciles s'élevant d'un bassin où fraient des poissons rouges. De l'autre côté d'un mur d'enceinte, c'est la Méditerranée. Plus loin, par-delà, c'est l'Égypte, et le Nil.

Maria a commencé son livre là-bas, lors d'un été italien.

Le temps, l'espace sont nos conteurs. Les mots s'écrivent sur des murs, des arbres, des pierres, des chiffons ou des papyrus. Ils naissent dans l'entrelacement de branches, la mêlée de racines, le camaïeu d'un ciel, le fouillis des nuages, le tamis de la terre ou l'écume d'une mer étrangère

dans nos rides

dans ce nulle part, inconnu.

Son livre a jailli aussi de ses arbres : ce pin centenaire qui résiste aux vents marins et qu'elle appelle Grand Robert, ce noisetier noueux et ce bouleau de rivière, près de la maison de campagne familiale, ce cerisier de l'enfance, ce platane de la cour d'école, ce tilleul qui abrite ses siestes. Auprès de chacun, elle s'est enracinée. Elle s'est inspirée. Elle n'en parle pas, mais c'est là, gravé en elle.

Elle a une gaieté qui ne ressemble pas à son livre. Elle se débarrasse de sa mélancolie dans ce qu'elle écrit.

– Le personnage s'appelle Maria ? C'est votre histoire ?

## MA MAISON
3 mai 2010

La voix grave et aérienne de Barbara chante *Et dans ce pays-là, moi je fais ma maison, Ma maison est un bois, mais c'est presque un jardin.*

Je suis dans la maison de mes parents, en Bretagne, au milieu des livres de l'enfance et de leurs bibliothèques bourrées d'ouvrages. Le vent marin souffle sur les hélichryses et les genêts du jardin. Pas loin, la mer étend son bleu à l'horizon.

*Les mots aussi sont des demeures*, a écrit Jean Cayrol.

« Il faut les rendre habitables, les restaurer dans leur splendeur première... Des demeures ouvertes, hospitalières, dont l'accueil n'est pas réservé aux notables d'une poésie secrète, froide, aux aguets, mais à ceux qui connaissent l'usure insensée de la parole et veulent méditer sur une langue souveraine, folle dans sa sagesse, incorruptible, brûlante. Elle a coûté cher sur certaines lèvres têtues, *cette joie par les mots.* »

J'aime qu'un livre soit une maison. Qu'il apporte l'hospitalité, l'accueil, le réconfort – la consolation, les larmes comme la joie.

Je pense qu'on dit parfois « éditeur » pour « maison d'édition » – comme s'ils étaient confondus. En un sens, Jean-Marc est une maison à lui tout seul. Mais il a eu besoin de Liliane, puis de nous, pour faire une maison solide. Un petit palace, comme il dit. Lui qui ne possède rien, aucun appartement ni voiture, la maison est devenue sa création autant que les livres. Elle est ouverte, hospitalière.

Je pense aussi à la maison de couture. Dans ma chambre, il y a le mannequin Stockman sur lequel ma grand-mère cousait des vêtements, faisant du sur-mesure, apportant soin et qualité. Elle reprisait les tissus, concevait de superbes robes pour ses clientes puis pour mes poupées, comme je reprise parfois les textes. Son atelier s'appelait Maison Marguerite Ruat.

J'aime les deux sens du mot maison – l'édition – la couture –

Le fil qui nous relie aux autres<br>
Le fil de l'aiguille<br>
Le fil des mots

## EN IMPRESSION
11 mai 2010

*Je suis partie au calage de* Celle qui lit *avec Hélène.*

J'ai posé ce mot sur le bureau de Jean-Marc. Il fait beau, *la glissante glycine tape à la fenêtre*, selon les mots de Jean Cayrol, elle envahit les hauts murs de Montmartre où j'habite.

J'ai donné le bon à tirer. Le livre est prêt à être imprimé.

Un commercial vient nous chercher à la gare, puis nous emmène en périphérie d'une ville où se trouve un grand hangar propre avec le bruit persistant des machines qui tournent. Nous parcourons une enfilade de pièces où travaillent les personnes qui récupèrent les éléments des livres, les fichiers pour l'impression. Le calage du livre a lieu dans une heure. En attendant, Hélène me montre d'immenses bottes de foin, ce sont des rouleaux de papier qui s'enrouleront sur les rotatives. Je pense à *Citizen Kane* d'Orson Welles et son générique de début où les rotatives de presse défilent pour délivrer les journaux du jour.

Il existe différents grammages, diverses épaisseurs de papiers, plus ou moins blancs, lisses, tramés, opaques – offset, couché, bouffant, brillant, semi-mat, mat –, des encres de toute couleur. La fabricante peut au toucher les reconnaître.

Au pied des machines, on trouve les gâches de papier qui ont servi aux réglages et finiront recyclées.

*Celle qui lit* est imprimé sur du papier Lac 2000, 90 grammes. C'est un bouffant sans bois, il a de la main, du volume, tout en restant léger, idéal pour la littérature.

Ce papier-ci mettra en valeur des photographies. Celui-ci servira pour un roman graphique. Celui-là sera utilisé pour La Pléiade.

Chaque livre a son papier.

L'encre s'y dépose. Ronde des couleurs primaires, cyan, magenta, jaune, noir.

Des hommes récupèrent des exemplaires pour y poser manuellement les bandes. Un ouvrier répare une machine dont le film a cassé.

Nous regardons le papier filer, s'enrouler, se croiser, se retourner, si fin, si léger, si rapide, sans se casser, quelques arbres et cette force de résistance – puis se noircir de mots, de phrases, de paragraphes, tout un monde. Les bandes sont coupées, regroupées, pour former des cahiers de seize pages, qui sont coupés, pliés, rassemblés sur un tapis. Les couvertures arrivent, elles rejoignent les cahiers, se collent à eux.

Au bout du tapis, trois mille exemplaires de *Celle qui lit*.

## LE CANAPÉ ROUGE
## Hiver 2013

J'ai laissé à Jean-Marc mon manuscrit sur son paillasson, sans indiquer de nom. Juste un titre. Je n'ai rien écrit de consistant depuis longtemps. J'ai un peu peur. Dans le square, un hêtre s'élance, ses branches glissent dans le vent et l'ondée. Les feuilles bruissent, s'agitent comme des fanions dans le ciel.

Le tronc sent la résine, le boisé, sous la pluie légère, bruineuse,

parcouru de veines, je m'abrite.

L'écorce est rugueuse,

Paumes contre sa peau.

Les racines s'enterrent dans un fouillis de brindilles d'herbes,

les bras d'une méduse végétale,

Dans l'humus

Fraîche

Jusqu'au cœur de la terre.

Et j'entends le murmure

Les pulsations de son cœur
Le craquement distinct
Murmuré
Il me dit son nom
Tout est son
Et vibration
L'histoire s'écrit de sa sève
À ma main

Le livre c'est l'écrin
Ses pages blanches
Sont des fibres
Comme les fibres de nos tissus
C'est le vivant
Les fibres sont des radicules
Qui irriguent nos vaisseaux
La trame de nos histoires
Vaisseaux de papier
Dont les mots sont les mâts
Les voiles gonflées
Pâte à papier
Qui fera les feuilles de nos livres
Un livre c'est la terre et l'air
Et l'eau et le feu
Et l'encre
Et si la chimie s'invite
Reste l'alchimie de nos rêves
De nos mots

*Je respire, j'inspire, j'expire.*

LA MAISON
La livraison des exemplaires
29 mai 2010

Le soleil frappe la façade de l'immeuble. Nous sommes vêtues plus légèrement. Du seuil de l'immeuble jusqu'à la salle de réunion, nous faisons la chaîne. D'une main à l'autre, nous nous transmettons les cartons de l'imprimeur qui viennent d'être livrés. Ce sont les romans de la rentrée littéraire.

Le lendemain, Maria découvre son livre.

Son nom en bleu pâle sur bleu nuit, la bande dévoilant son visage.

Elle s'installe autour de la grande table pour dédicacer son roman à des journalistes qu'elle ne connaît pas. Il suffira peut-être d'un enthousiasme pour allumer une étincelle. Dans quelques jours elle parlera devant une centaine de libraires parisiens, elle entendra d'autres écrivains, plus expérimentés, évoquer leur roman, elle se sentira faire partie de l'équipée de la rentrée. Elle participera ensuite à quelques dates de la tournée commerciale,

Lille, Marseille, Strasbourg. Au fur et à mesure, elle affinera ses réponses, plus sûre, plus précise, elle apprendra le métier d'écrivain. Elle sera nourrie des rencontres et des échanges, des libraires qui la porteront, ces passeurs essentiels. Son attachée de presse multipliera les rendez-vous avant les départs en vacances, les représentants parcourront la France tout l'été, tandis que les éditeurs étrangers seront avertis de la parution du livre, les premières rumeurs enfleront, les premières sélections s'afficheront.

Jean-Marc agira de toutes les façons possibles.

Puis il y aura l'été. Étrange. Ce temps suspendu où le livre existe, sans exister. Il ne lui appartiendra plus. Elle se sentira empêchée de penser à autre chose, de faire autre chose, jusqu'au 21 août.

Ce jour-là, je l'appellerai.

Paris sera tranquille.

Qu'allons-nous vivre ensemble ? Récidiverons-nous de livre en livre ? Partagerons-nous les aléas autant que l'aventure, la joie ?

LE MOT
N'oublie jamais
21 août 2010

*N'oublie jamais ma belle que le succès de ce livre sera le tien, et ce qu'il te doit, je t'embrasse très tendrement, ton vieux Jean-Marc*

Il a laissé ce mot sur mon bureau. C'est un mot qui lui ressemble tant – et que je vais garder, il le sait. Quand j'aurai des doutes.

## LE CANAPÉ ROUGE
Hiver 2013

Cher Jean-Marc,

Tu n'es pas là. Le Borsalino occupe ta place sur le canapé rouge. Tu m'as laissé un message sur mon répondeur. Je suis venue tout de suite. C'est la fin de l'hiver.

Je soulève le chapeau et découvre en dessous un manuscrit écrit de ta main, *Deux vies valent mieux qu'une*. Je pense à ce que tu as dit à un journaliste : *J'ai parcouru la vie ainsi : éditeur en marchant, écrivain en courant.*

L'écriture ne t'a jamais lâché.

En t'attendant, je m'installe et je commence à lire. Le chat noir se frotte à mes jambes, il a des yeux bleu acier. Tandis qu'il saute sur le canapé en me regardant, je m'aperçois que le fauteuil en cuir a disparu. Je pense à Jean Cayrol, « ton Jean », que tu appelais chaque vendredi matin, riant avec lui comme un gamin. Puis, un jour, tu as appelé Jeanne, son épouse, à la place.

Je réécoute ta voix sur mon répondeur, j'aimerais

écrire beaucoup d'autres livres pour entendre tes messages. Ce sera notre troisième livre ensemble. Celui-ci je n'avais pas envie de le finir.

Ces derniers temps, je croise des personnes qui me parlent de toi comme un truc un peu culte, la face B d'un vinyle devenue branchée, un éditeur tel qu'on n'en fait plus. Ça te ferait marrer.

Une question m'a traversée : Qui as-tu mis au monde ? Je n'ai pas osé la poser. Les héritages, c'est compliqué, pour l'un et l'autre.

Tu as eu besoin de pères dans l'édition, moi aussi.

Lorsque j'ai eu fini mon stage, tu ne m'as pas laissé partir. Tu as cru en la jeune fille bonne élève, sage et solitaire, tu m'as confié tes auteurs. Tu as su avant moi que ce métier était fait pour moi. Qu'as-tu décelé ?

Nous nous sommes plu tout de suite. J'ai compris instinctivement qu'il faut rester à la bonne distance avec toi. Tu désaimes vite. Nous allons ensemble à des concerts de Julien Clerc et de Vanessa Paradis, mais nous parlons peu de notre vie privée. Je sais combien tu aimes tes cinq enfants.

Ta maison est la mienne. Je t'ai vu la fabriquer pièce après pièce. Je me lève chaque matin pour la retrouver. Je n'ai sans doute pas assez grandi. Ce travail m'a aidée à faire partie du monde, à amoindrir ma méfiance. Les livres m'ont toujours paru plus fiables. L'écriture et la lecture sont des fils à plomb qui me structurent.

Tu m'as montré que ce métier est l'un des plus beaux. Je l'ai compris dès que j'ai travaillé avec Liliane et toi. J'aime les auteurs et leurs *fictions*, qui sont plus vrais que la vérité. Au moins, ils ne se donnent pas le beau rôle. Je leur pardonne, comme toi, beaucoup.

Il faut les aimer énormément.

Aimer leurs folies.

Aimer même s'ils vous quittent.

Aimer qu'ils réussissent sans vous.

Autant que toi, j'ai besoin des autres.

Un jour, l'on m'a dit que je devais avoir ton empreinte sur moi. Forcément. Ce n'était pas un compliment. Pourtant, j'aime les empreintes, tu es une ligne de ma main. Comme tu l'es pour nombre de tes auteurs. Tu n'usurpes personne, tu n'es pas l'auteur de tes auteurs, tu les mets au monde, tu les portes, tu rends tout plus léger.

On rencontre rarement quelqu'un d'aussi marquant. À cause de toi, je trouve beaucoup de gens ennuyeux, ternes, personne n'a ton originalité, ton inconvenance.

Peu trouvent grâce à tes yeux.

Sais-tu vraiment qui tu es ? Tu demeures *insaisissable*. Mais quand tu lis, quand tu es dans ta maison, tu ne triches pas.

J'ai hâte que tu me parles de ta prochaine rentrée, la quarantième. Je reprends ton manuscrit, je plonge dans tes mots, tes phrases, et je retrouve ton souffle particulier, je te retrouve tout entier page après page. Il me semble que tu me chuchotes à l'oreille. Le chat s'est collé à mes genoux. Il n'y a plus de musique, juste ta musique. Lorsque j'ai fini, le jour commence à baisser. Je vois par la fenêtre le ciel rosir.

Puisque tu ne reviens pas, je vais te laisser une lettre.
Cette lettre ne contient qu'un mot.
Je la laisse en évidence sur la table.

Je referme la porte doucement et je descends l'escalier. Une lumière rasante m'avale. Michel Piccoli, qu'on dirait sorti d'un film de Claude Sautet, imperméable beige, sourire mélancolique et yeux doux, se tient au bout de ta rue. Il tire sur une cigarette. Vous devez avoir rendez-vous ensemble. Tu as forcément rendez-vous quelque part.

## BLÙ

La mer est bleue, le ciel est tout aussi bleu. C'est un éblouissement.

La mer à perte d'azur qui clapote sur les rochers. Quelques bateaux tremblent à l'horizon. Points blancs et rouges, c'est l'éternité.

Les bougainvilliers éclatent en fleurs roses sur les murs des maisons. Les dalles de la terrasse sont brûlantes. Les chats s'étirent sous les chaises longues près des aloe vera. D'un hôtel démodé s'échappe la voix sucrée et charmeuse de Domenico Modugno, qui chaloupe la dolce vita, le farniente, les amours de vacances.

*Volare, Cantare, Nel blù dipinto di blù, Felice di stare lassù.* S'élancer, s'envoler, chanter dans l'immensité, ce bleu peint en bleu, rester là-haut, plus haut que le soleil, et encore plus haut, pendant que le monde lentement disparaît là-bas au loin, et qu'une musique résonne seulement pour soi.

Être un rêveur. Laisser le sel mordre la peau, après s'être baigné, jeté des rochers, avec les filles du soleil, Sofia, Claudia, Laura, Gina, Ornella. Laisser l'après-midi s'étirer jusqu'au soir et allumer le transistor. Écouter dans l'air doux les cadences d'Adriano Celentano et les ondes des Beach Boys, Julien Clerc, Christophe, Lucio Battisti, Umberto Tozzi, Ricchi e Poveri, Paolo Conte.

Plus bas, et de partout, entendre la rumeur d'un match de football. Demi-finale entre l'Italie et l'Allemagne. Les téléviseurs qui crachent les commentateurs sportifs, l'adrénaline des tirs au but, de la foule excitée

*Buuuuuuuut*

Le silence de la mer, le ciel nu, la musique et les cris. C'est Jean-Marc.

Paris, rue Guillaume Tell, Saint-Germain-des-Prés, les cabarets, les chansonniers, les salles de cinéma, les coulisses de L'Olympia, les éditeurs, la table réservée à la Brasserie Lipp, La Closerie des Lilas, les tables de jeu, les manuscrits. Ceux qu'on lit, ceux qu'on édite, ceux qu'on écrit. Michel Piccoli, mystérieux dans *Une étrange affaire*, la distinction de Nathalie Baye, la voix de Jean Rochefort, « Si j'avais aimé les hommes, j'ai toujours adoré les femmes, Jean-Marc aurait été mon idéal, quel charme, quel charme », celle de Philippe Noiret, Christopher Frank, Élisabeth Gille, les amis du lycée, la mallette en cuir, l'imperméable, le chapeau, Barbara qui chante et frémit, une petite femme de quatre-vingt-dix ans, un père américain, cinq enfants, Jean Cayrol, *Tintin au Tibet*, les livres de Vladimir Nabokov.

C'est Jean-Marc.

## REMERCIEMENTS

Il y a vingt ans, je lisais une nouvelle que m'avait adressée Simonetta Greggio. Je me souviens encore d'un passage qui m'avait fait battre le cœur, de phrases belles et poétiques. Peu après, je rencontrais l'autrice, qui accepta de travailler ce texte afin qu'il devienne son premier roman, *La Douceur des hommes*, paru en 2004.

Jean-Marc Roberts nous a aidées, il a parié sur elle, sur nous. Depuis, j'ai été la première lectrice et l'éditrice d'une dizaine de ses livres.

Quelques mois après notre premier rendez-vous, lorsque je lui ai révélé que j'écrivais, elle m'a encouragée et lue. Ses conseils sensibles, justes et sans concession m'ont permis d'aller au bout, de m'affranchir de mes doutes.

Elle a été la première lectrice de mes deux romans sous la Bleue, elle est devenue l'indispensable regard dont j'ai besoin avant de soumettre mes textes.

Une nouvelle fois, elle a accepté ce rôle particulier de l'autrice qui lit son éditrice. Je l'en remercie ici.

Je remercie également Hélène Paletou pour son aide généreuse et ses précieux conseils,

Corinne Azan et Sylvie Besle pour leur chaleureux soutien,

Liliane Rodde pour sa relecture attentive,

Catherine, Clémentine, Daniel Ruat et Monsieur Tchekhov,

Tous ceux et celles qui m'ont fait signe.

Merci à mon éditrice Julia Pavlowitch, à Vera Michalski,

À Victoire Neyraud, Karine Vincent et à toute l'équipe Phébus.

# SOURCES

Ce roman est nourri de mes souvenirs, de mes inventions, de mes lectures et de mes recherches.

En 2020, j'ai produit un documentaire pour France Culture dans le cadre de l'émission *Toute une vie* intitulé *Jean-Marc Roberts (1954-2013) : Éditeur en marchant, écrivain en courant*, réalisé par Somany Na. Je me suis plongée dans les archives audiovisuelles de l'INA, découvrant ainsi l'émission *Vocations* de Pierre Dumayet avec Jean Cayrol.

On trouvera dans ce roman des références aux romans de Jean-Marc Roberts, quelques phrases et vers de Jean Cayrol, des citations issues d'articles de presse, d'entretiens, de chansons, d'émissions de radio et de télévision – que j'ai parfois réaménagées pour les besoins de la fiction.

J'invite à lire les romans de Jean-Marc Roberts et l'œuvre de Jean Cayrol (parue au Seuil), notamment l'anthologie poétique, *Chacun vient avec son silence,* préfacée par Xavier Houssin (Points/Poésie, 2009), ainsi que la biographie de Michel Pateau : *Jean Cayrol : une vie en poésie* (Le Seuil, 2012).

Je remercie les ayants-droit, qui ont donné leur autorisation.

Voici les références des sources par ordre d'apparition :

P. 13-16, 37-38, 65 : Extrait de *Vocations*, émission télévisée de Pierre Dumayet, Jean Frapat et Gérard Guillaume, invité Jean Cayrol, diffusée le 6 juillet 1969 sur la 1ère chaîne.

© Ina 1969

P. 17-18 : Émission télévisée avec Jean-Marc Roberts, ORTF, avril 1972.

P. 47-48 : *Écrire 1*, introduction, Le Seuil, 1956.

P. 52-53 : « Avec Jean Cayrol qui a fait d'Écrire le lieu de rencontre des jeunes auteurs », Claude Sarraute, © *Le Monde*, 4 mars 1961.

P. 67-68 : Extrait de *Radioscopie*, émission radiophonique de Jacques Chancel, invité Jean-Marc Roberts, diffusée le 12 novembre 1975 sur France Inter.

© Ina 1975

P. 71-73 : « Le paysage éditorial français », © *Alternatives économiques*, n° 125, mars 1995.

P. 81 : Actualités régionales Île-de-France, reportage de Michel Vial, *France Région 3*, Paris, 3 août 1982.

P. 86-87 : Extrait de *Radioscopie*, émission radiophonique de Jacques Chancel, invité Jean-Marc Roberts, diffusée le 30 novembre 1979 sur France Inter.

© Ina 1979

P. 94-95 : *Lectures pour tous*, émission télévisée présentée par Pierre Dumayet, invités Claude Simon et Jérôme Lindon, ORTF, 1958.

P. 104-107 : Entretien « Jean-Marc Roberts : Un éditeur ne doit pas toujours chercher à faire de bonnes affaires », Delphine Peras et Jérôme Dupuis, © *L'Express*, 7 avril 2010. Avec l'aimable autorisation du Groupe L'Express.

P. 112-113 : © *Le Monde*, 28 avril 1965.

P. 135 : « Les secrets de la famille Roberts », Laurence Liban, *L'Express*, 5 septembre 1996.

P. 156-157, 260 : "NEL BLU DIPINTO DI BLU" Music by Domenico MODUGNO. Lyrics by Domenico MODUGNO / Franco MIGLIACCI

© EDIZIONI CURCI SRL

Publié avec l'autorisation de S.E.M.I, Paris (France)

P. 166-168 : Propos recueillis pour la revue *Drôle d'époque* par Jean-Bernard Doumène, libraire à L'Autre Rive, Yves Gueniffey et Philippe Hauser, le 23 août 2002 à Nancy.

P. 170 : *Quand je serai K.O.* Paroles et Musique d'Alain Souchon. © Éditions ALAIN SOUCHON – 1988.

P. 183-184 : « Avalanche record cette rentrée dans les librairies », Annie Coppermann, © *Les Echos*, 30 août 1999.

P. 203-205 : Inspiré des propos recueillis par Annick Geille, *L'Événement du jeudi*, du 17 au 23 décembre 1998.

P. 207 : « Paul Otchakovsky-Laurens fait son cinéma », Jérôme Garcin, *L'Obs*, 23 octobre 2017.

P. 212-213 : *Il jouait du piano debout*. Paroles et Musique : Michel Berger. © 1980 UNIVERSAL MUSIC PUBLISHING (COLLINE ÉDITIONS MUSICALES S.A.). Avec l'aimable autorisation d'Universal Music Publishing.

P. 235 : *La Vie répond*, Jean Cayrol, GLM, 1948.

P. 236 : Entretiens radiophoniques de Jean Cayrol avec Roger Vrigny, France Culture, juin 1970.

P. 247 : *Ma maison*. Paroles de François Wertheimer. Musique de Barbara. © Warner Chappell Music France – 1973.

P. 247 : « Les mots sont aussi des demeures », *Chacun vient avec son silence*, Jean Cayrol, préface de Xavier Houssin, Points/Poésie, 2009.

Pour les extraits provenant de l'Institut national de l'audiovisuel : ina.

*Cet ouvrage*
*a été mis en pages par In Folio,*
*reproduit et achevé d'imprimer*
*en juin 2023*
*dans les ateliers de Normandie Roto Impression s.a.s.*
*61250 Lonrai*
*N° d'imprimeur : 2301868*

*Imprimé en France*

*Dépôt légal : août 2023*